LES GUERRIÈRES DE LA SANGHA

DÉJÀ PARUS DANS LA MÊME COLLECTION

PIERRE LUCAS

LES GUERRIÈRES
DE LA SANGHA

POLICE DES MŒURS

VAUVENARGUES

© 1997, GECEP/VAUVENARGUES

ISBN : 2-7443-0065-9

CHAPITRE PREMIER

Elle semblait née de la pluie, incrustation saugrenue dans le paysage livide, balayé de rafales obliques zébrant le pare-brise de langues liquides que l'unique essuie-glace de la XM ne suffisait plus à neutraliser.

Pedro Oroya ferma les yeux puis, l'espace d'une seconde, les rouvrit. Elle était toujours là, silhouette encore minuscule. Ce n'était pas une illusion. Il aurait pourtant juré que quelques instants auparavant rien ni personne ne venait briser l'interminable balafre grise du rail de sécurité. Il secoua la tête. Sans doute s'était-il laissé gagner par une brève rêverie qui avait amenuisé son attention. Plutôt dangereux, étant donné le temps.

Sans qu'il eût même besoin d'y penser, son pied se fit plus léger sur l'accélérateur. Le ronronnement du moteur diminua progressivement et, d'une imperceptible sollicitation du volant, Pedro Oroya se rangea sans rétrograder sur la bande d'arrêt d'urgence.

Il n'avait pas l'habitude de prendre des auto-stoppeurs, plus par ennui d'avoir à tenir une conversation avec un inconnu que par principe, mais transgressait systématiquement cette règle en cas de mauvaises conditions météo – un euphémisme, en l'occurrence.

La XM s'immobilisa à hauteur de l'apparition. Une femme, comme il l'avait supposé à l'allure de la silhouette. Jeune. Vêtue d'un simple T-shirt et d'une courte jupe noire. Chaussée de ces croquenots à la mode qui font des pieds de militaire en manœuvre aux filles de vingt ans. Un sac de toile à poches multiples sur l'épaule. Trempée, évidemment. Ses longs cheveux bruns plaqués sur les joues et les épaules ruisselantes de pluie. Sourire figé, elle tenait toujours son pouce levé, comme si elle hésitait à croire que quelqu'un ait pu s'arrêter sous un tel déluge et risquer l'inondation de sa voiture en l'y invitant.

Pedro actionna la commande électrique de la vitre passager, révélant un visage qui lui rappela, à la candeur mêlée de sensualité des yeux et des lèvres pulpeuses, celui de l'actrice Emmanuelle Béart.

— Vous allez où ? s'informa-t-il.

— Plus loin.

— C'est vague.

— Mais vous y allez aussi, forcément.

— Où ?

— Plus loin. N'importe où, quoi.

— Le raisonnement se tient. Montez vite.

La fille ouvrit la portière, offrant à un paquet d'embruns l'opportunité d'asperger le tableau de bord et le profil droit du conducteur. Elle s'installa sur le siège dans un bruit de serpillière mouillée. Une odeur bizarre envahit l'habitacle.

— Je m'excuse pour les dégâts, fit-elle.

— Ce n'est que de l'eau, ça séchera. Ça vous arrive souvent de faire du stop dans de pareilles conditions, et à un tel endroit ?

— Non. J'ai dû prier un routier de me laisser là. Il commençait à avoir la main leste.

Pedro la détailla d'un œil en coin.

— Je sais. Je suis jolie. Mais je n'y peux rien. La ressemblance non plus, d'ailleurs. C'est pas une raison pour me faire tripoter par n'importe quel type, non ?

Il acquiesça silencieusement, lui signifiant qu'elle n'était pas obligée de s'étendre sur le sujet si elle ne le souhaitait pas. Elle ouvrit son sac et en tira une serviette de bain, tenta de sécher tant bien que mal.

— Je vais pousser le chauffage, dit-il. Un temps comme ça en juillet, c'est incroyable.

— Il faisait beau ce matin. Sans les ardeurs du camionneur, je n'en serais pas là.

La serviette était déjà détrempée.

— Vous allez vraiment… n'importe où ?

— Oui. Vacances. Je n'aime pas les parcours prémâchés. Je peux vous faire confiance ? Vous n'allez pas me sauter dessus, vous aussi ?

Elle enchaîna sans attendre de réponse :

— Je ne peux pas rester comme ça, sinon le cuir de votre siège ne s'en remettra jamais. J'ai de quoi me changer, là-dedans.

Il hésita un instant, à la fois amusé et perplexe.

— Allez-y. Vous ne craignez rien. Passez derrière, si vous voulez. Je vous jure de ne pas regarder dans le rétroviseur.

La voiture reprenait de la vitesse et glissa doucement de la bande d'arrêt d'urgence sur la voie de droite.

— Non, j'ai assez fait de cochonneries. Votre parole me suffit.

Elle avait déjà retiré son T-shirt, dévoilant un torse menu où s'accrochaient deux seins luisants de pluie à la fermeté évidente, piqués de tétons très foncés, presque noirs, en quasi-érection. L'émotion provoquée par la situation, sans doute, pensa Pedro, ou le froid, peut-être les deux. Malgré sa sincère volonté de ne pas profiter de l'occasion, il ne parvenait pas à empêcher complètement son œil droit de jouer les indiscrets. Heureusement, elle ne semblait pas s'en apercevoir.

La mini-jupe rejoignit le T-shirt dans l'une des poches du sac, bientôt suivie d'un slip blanc tire-bouchonné. Puis elle se pencha en avant et défit les lacets de ses chaussures dont elle eut de la peine à s'extraire. Les chaussettes restèrent collées à l'intérieur.

Elle fouilla ensuite dans le compartiment princi-pal de son bagage et en sortit une autre serviette, plus petite que la première, avec laquelle elle s'essuya méticuleusement. Quand elle se souleva d'un coup de reins pour disposer le carré d'éponge sous ses fesses en guise de coussin de fortune, Pedro ne put que constater d'un regard ravi et en même temps terriblement gêné que son sexe était entièrement épilé, et par ailleurs du plus beau velouté.

— C'est pas vrai, s'exclama-t-elle quelques secondes plus tard, tout le fond est trempé. Ça baigne, là-dedans.

— Regardez sur la banquette arrière, fit Pedro. Vous y trouverez un plaid. En attendant mieux…

Elle étira son bras gauche entre les deux sièges et ramena une minuscule couverture en tissu écos-sais dont elle s'enveloppa sommairement. C'était à peine suffisant pour dissimuler sa poitrine et son entrejambe, à la condition toutefois d'en maintenir les deux bords assemblés.

— Je m'excuse, susurra-t-elle, vraiment.

— Pourquoi ?

— Pour... ça.

Il tourna la tête vers sa passagère. D'un œil sans équivoque, elle désignait une bosse aussi conséquente qu'impromptue qui déformait sa braguette.

Ils éclatèrent tous deux de rire.

Mais la bosse n'en avait cure. Elle gonflait encore.

*

* *

Elle s'était endormie. Ou faisait peut-être semblant, afin d'éviter la poursuite d'une conversation qui devenait banale et s'encombrait de silences pesants de plus en plus fréquents. Il lui avait dit son nom, ses origines, son âge, sa situation familiale, s'était embrouillé en tentant d'expliquer son métier, qui visiblement n'intéressait pas la jeune femme. Elle lui avait révélé son prénom – Sylvie –, son statut d'étudiante en droit à Lille, où elle vivait seule, son goût pour la musique baroque et les voyages en solitaire, sans but précis. Pour l'heure, elle avait mis le cap sur le Sud, probablement la Provence. Remonterait dans le Nord à la mi-août. Ou plus tard. C'était à voir.

Il lui avait proposé de régler ses problèmes de séchage vestimentaire chez lui – du moins à la résidence secondaire qu'il possédait près de

Menton, où il se rendait pour une semaine de travail avant de rejoindre sa femme et ses enfants en vacances à l'île Maurice. Il comptait rouler sans interruption jusqu'au matin. Il y avait des en-cas dans la boîte à gants si elle avait faim, ainsi qu'une bouteille d'eau minérale. Elle avait dit oui. Tout ça l'arrangeait. Lorsqu'elle avait prétendu ne pas vouloir s'imposer, il avait balayé son objection d'un revers de main.

La nuit venait de s'installer sans prévenir, comme générée par le rideau liquide qui semblait ne pas vouloir faiblir.

Oui, songea-t-il, elle dort vraiment.

Un ronflement ténu, à peine perceptible, se mêlait au murmure continu du moteur. La main de la jeune femme s'était relâchée, et le plaid avait doucement glissé de ses épaules et de ses cuisses. Il eut la tentation de remettre la couverture en place, mais craignit de voir son geste mal interprété si elle se réveillait, vu sa toute récente mésaventure. Il se contenta donc de pousser le chauffage. Le corps dénudé, abandonné au sommeil, resplendissait de jeunesse et de santé. Il apparaissait par brèves séquences, éclairé par les phares des véhicules qu'il croisait.

Depuis une heure déjà il avait quitté l'autoroute, excédé par le mauvais temps persistant et l'imprudence des usagers qui le contraignaient à une perpétuelle et épuisante tension nerveuse. La nationale, moins fréquentée et qu'il connaissait bien, se révélait une alternative plus raisonnable. Les deux voitures qui le suivaient depuis quelque temps à bonne distance de sécurité ne cherchaient pas à doubler au mépris d'une visibilité quasi nulle. C'était reposant. L'odeur persistait. Elle émanait directement du corps nu. Il s'y était habitué.

Lumière. Obscurité. Lumière. Obscurité. Et chaque fois cette poitrine arrogante, ce ventre plat et musclé, ce sexe glabre dans l'écrin des deux cuisses légèrement écartées.

Loin de s'estomper, la bosse dans son pantalon se faisait à présent douleur lancinante et voluptueuse à la fois...

Il sentit qu'elle avait bougé plus qu'il ne l'entendit. Le ronflement avait cessé, il se savait observé. Dehors, le ciel s'était fait plus clément, la pluie ne tombait plus. La lune était absente, en cette première semaine de juillet, mais une trouée parmi les cumulus dessinait une sorte de polygone irrégulier ouvert sur les étoiles au scintillement exacerbé par l'humidité de l'atmosphère. Derrière, les deux voitures suivaient toujours. Le faisceau des codes de la plus proche illuminait l'habitacle de la XM d'une clarté blanchâtre.

Elle bougea encore, cette fois plus nettement. Un bras se tendit. Pedro Oroya éprouva sur sa cuisse la chaleur d'une main timide qui remonta peu à peu et se referma sur la bosse dans son pantalon.

— Inconstance de la nature humaine, et des femmes en particulier, murmura-t-il.

— Quoi ? Ça ne vous plaît pas ?

— Vous envoyez sur les roses un chauffeur trop entreprenant, quitte à affronter les intempéries, et quelques heures plus tard vous faites des avances à un inconnu. Un peu paradoxal, non ?

— J'ai dit que je n'acceptais pas de me laisser tripoter par n'importe qui, pas que je faisais dans l'abstinence.

— Je vous rappelle que je suis marié et père de famille. J'ai d'autre part la faiblesse de considérer la fidélité comme une vertu.

— Personne n'en saura jamais rien. Mais je peux arrêter, si vous le voulez vraiment.

— Inconstance de la nature humaine, je maintiens. Personne n'est à l'abri.

Elle interpréta sans doute la formule comme un feu vert, car ses doigts s'activèrent de façon plus précise, massant le membre comprimé d'une caresse sans équivoque. Il bandait depuis si longtemps qu'il crut jouir prématurément, mais parvint in extremis à se contenir.

Elle n'en resta pas là. Moins de vingt secondes plus tard elle avait débouclé la ceinture de cuir, ouvert la braguette et enfoncé sa main dans le slip. Le sexe tumescent se déploya d'un coup, colonne palpitante d'une taille impressionnante. L'élastique du sous-vêtement le meurtrissant douloureusement. Pedro Oroya souleva son bassin et Sylvie glissa slip et pantalon jusqu'à mi-cuisses. De ses ongles experts, elle titilla d'abord longuement les testicules, puis, sans prévenir, se laissa choir sur le côté. Ses cheveux électrisaient la peau nue de Pedro. Elle se mit à lécher abondamment le membre sur toute sa longueur, investissant le sillon d'agaçants lapements qui lui arrachèrent un sourd gémissement. Pedro lui caressait à présent le dos, tandis qu'elle engloutissait profondément son sexe et entamait un insistant va-et-vient de ses lèvres autour de la hampe. Du dos, il descendit vers les fesses qui s'ouvrirent pour l'accueillir. Son index fouilla l'anus, dans lequel il s'introduisit avec une déconcertante facilité, puis ressortit et gagna le sillon vulvaire qu'il parcourut longuement avant de s'enfoncer au cœur du vagin humide. Elle expira un interminable râle.

— Si on arrêtait la bagnole, gémit-elle, libérant la verge qui battait à présent contre sa joue.

Sans répondre, il enclencha le clignotant et stoppa la XM sur une aire de repos, dont il eut le temps de voir qu'elle était pourvue d'une poubelle en plastique et de deux tables de pique-nique en rondins. Sans y prêter plus attention, il constata que les deux voitures ne les avaient pas dépassés. Sans doute avaient-elles bifurqué dans une autre direction au précédent carrefour.

Les frondaisons des arbres, qui fournissaient à l'évidence un providentiel ombrage en plein jour, maintenaient pour l'heure l'aire de repos dans une obscurité quasi totale. Sylvie se redressa et alluma le plafonnier.

— J'aime bien voir ce que je fais, expliqua-t-elle.

— Pas d'objection.

Elle chercha ensuite la manette qui commandait la position couchette du siège conducteur et l'actionna. Pedro se laissa partir en arrière.

Puis elle l'enfourcha, calant ses genoux dans le cuir. Elle était superbe, toute en musculature délicate, sans excès. Une sportive, sans aucun doute. Ses seins ronds, dont il éprouva la fermeté de ses deux mains en coquilles, dardaient à présent leurs pointes sombres telles deux excroissances impudiques et fragiles, avides de caresses. Il les saisit entre pouce et index et les tordit doucement, puis plus franchement, jusqu'au seuil de la douleur. Les yeux de Sylvie se révulsèrent et un spasme violent agita son bas-ventre. Pedro

17

jugea, un peu jaloux, qu'elle avait l'orgasme à fleur de peau.

Elle se reprit très vite, signifiant sa volonté de ne pas en rester là, ni pour elle, ni pour lui.

Elle se pencha, offrit ses globes laiteux à la bouche impatiente de l'homme. Il les lécha, les suça, mordilla les tétons dont sourdaient des gouttelettes de jus salé.

Elle se releva.

Elle posa ses mains à plat sur son propre ventre, encadrant son pubis épilé de ses longs doigts, écarta les lèvres et se posa doucement sur l'ogive violacée. Elle entama du bassin un mouvement circulaire et, posément, tout en énergie retenue, s'enfonça sur son sexe dressé.

Ce fut d'abord très lent, interminablement lent.

Puis le rythme s'accéléra, progressivement, jusqu'à devenir frénétique. À force de se retenir, Pedro douta de pouvoir se répandre en elle au moment souhaité, et décida de privilégier le plaisir de sa partenaire.

Les fesses de Sylvie battaient sur ses testicules, forçant à chaque fois le tempo et, quelques minutes plus tard le corps de la jeune femme se cabra, tétanisé. Un long hurlement déferla dans l'habitacle. Les spasmes se succédaient, sidérants de violence.

Elle s'apaisa, comprit que Pedro n'en avait pas

fini, se dégagea de lui et se mit à genoux sur le plancher de la XM. Empoignant ses seins de ses deux mains, elle les referma autour du membre de l'homme et les agita fébrilement de bas en haut.

Il explosa enfin, les yeux révulsés, en une déflagration comme il ne se rappelait pas en avoir jamais connu. Une fulgurante giclée de sperme jaillit à la verticale et retomba sur le visage de Sylvie, lui maculant les joues et les cheveux. Elle ouvrit la bouche et tira la langue, récupérant une partie de la semence qu'elle avala, avant d'engouffrer à nouveau la colonne comblée au fond de son palais.

Longtemps elle le lécha, le suça, jusqu'à ingérer la plus infime goutte de liquide vital, jusqu'à ce que la verge vidée de toute substance s'étiolât en elle, fragile et pathétique pistil de chair abandonnée...

CHAPITRE II

Sophie Leclerc trouvait que le sexe de sa conquête du jour avait une drôle de saveur. Elle le goûta encore une fois, salivant abondamment, essayant de dilater au maximum ses papilles gustatives, déglutit enfin en libérant le membre. Oui, cela lui rappelait… les bâtonnets de réglisse qu'elle mâchouillait quand elle était fillette. Étonnant.

Elle s'apprêtait à demander une explication au superbe Apollon étendu sur le dos dans le lit de sa chambre d'hôtel, sourire béat aux lèvres, quand le téléphone sonna.

— Allô… oh, non !

C'était Gribovitch.

— Je suis en vacances, et j'ai un beau bronzé mille fois plus jeune et appétissant que toi sur le feu. Alors salut. Je vais raccrocher.

— Ne fais pas ça, s'il te plaît, le supplia son collègue. Si je t'appelle, c'est que j'ai vraiment besoin de toi.

— Mais comment diable as-tu su où je me trouvais ? Personne n'était au courant, et j'ai pris la précaution de laisser mon portable à Paris.

— Je suis flic, non ?

Elle soupira.

— De quoi s'agit-il ?

— Pas au téléphone. Je t'attends rue de Lutèce. Deauville n'est pas si loin, pas vrai ?

— Ordure ! Tu es une ordure.

— À tout à l'heure, et sois prudente sur la route, paraît que ça circule dur.

Il avait raccroché.

Elle se retourna.

L'Apollon n'avait pas bougé. Le sceptre en étendard, il avait les yeux rivés sur la toison pubienne de la jeune femme, qu'il comptait bien visiter sous toutes les coutures avant peu.

— Eh non, mon grand, fit-elle avec une moue désabusée. Tu m'en vois sincèrement désolée, mais il va falloir écourter la séance.

De toute façon, l'intervention impromptue d'Alex lui avait sabordé la libido. Elle regagna le lit et s'assit aux côtés du garçon.

— Mets ta main là, dit-elle en lui prenant le poignet gauche.

Il obtempéra en silence et épousa de sa paume la rondeur du sein offert. Il semblait cependant plutôt mécontent.

— Rassure-toi, je ne vais pas te laisser dans cet état. On fera mieux la prochaine fois si le sort nous réunit à nouveau.

Cela dit, elle empoigna le membre turgescent de la main droite, le suça encore un peu, puis entama une masturbation sur un rythme ultra rapide tout en lui malaxant les bourses de l'autre main. Le résultat ne se fit pas attendre. Au bout de quelques secondes, le jeune homme se raidit, étouffa un grognement, et une gerbe de liquide intime fusa pour se perdre dans les replis du drap en désordre. Sophie lécha consciencieusement le reliquat qui perlait au bout du sexe. Le goût de réglisse avait disparu.

— Allez, du balai ! ordonna-t-elle. J'ai une valise à faire.

*

* *

— Je récapitule pour toi, commença Gribovitch alors que Sophie venait à peine de refermer la porte derrière elle.

— Hé ! Laisse-moi souffler un peu. Je prendrais bien un café.

— Je vais vous en chercher un, fit Griffon, qui voulait sans doute se faire pardonner d'avoir cautionné l'interruption de son congé.

Il sortit, abandonnant les deux inspecteurs en

compagnie d'un type sans âge, maigre et blanc comme un linge, dont le costume ridicule trahissait un dédain profond de toute préoccupation vestimentaire.

— Roland Poiroux, se présenta l'inconnu d'une voix autoritaire et tranchante, en totale dysharmonie avec son physique d'adolescent attardé.

— Monsieur Poiroux est directeur scientifique à la COGÉNAP, un laboratoire privé qui travaille en étroite collaboration avec le CNRS et l'INRA ; Sophie Leclerc est ma coéquipière.

— COGÉNAP, c'est pour Compagnie de génétique appliquée inspecteur Leclerc, expliqua l'homme. Le Centre national de la recherche scientifique et l'Institut national de la recherche agronomique ne sont pas nos seuls interlocuteurs, bien sûr, mais…

— Je sais parfaitement ce que sont le CNRS et l'INRA, le coupa Sophie. Venons-en au fait, puisque le commissaire semble avoir des problèmes avec le distributeur.

Intuitivement, elle éprouvait de la méfiance envers le personnage, mais s'en voulut de l'avoir peut-être froissé. Comme pour la démentir, Griffon réapparut, un gobelet fumant à la main, qu'il lui tendit.

— La COGÉNAP intervient en aval des organismes publics précités, reprit Gribovitch. Elle se charge en particulier des ultimes protocoles en matière de transgénisme, dans le domaine agro-alimentaire et pharmacologique, préalablement à une éventuelle demande de mise sur le marché des produits concernés.

— Le transgénisme, c'est bien le transfert d'un gène spécifique d'une variété ou d'une espèce vers une autre ?

— C'est ça, inspecteur, commenta Poiroux. Gène de la résistance à un désherbant inoculé au maïs ou au soja, de la résistance au froid intégré au génotype de l'œuf de saumon, de la lipase du chien au tabac afin d'obtenir en grande quantité une protéine utilisable chez l'homme contre les ravages de la mucoviscidose, entre autres manipulations qui ont récemment défrayé la chronique médiatique.

— Ça fait froid dans le dos, murmura Sophie.

— Seul le profane s'émeut de ce qu'il ne maîtrise pas, pontifia le scientifique.

— Et la vache folle ? Si l'un de vos pairs d'outre-Manche s'en était un tant soit peu ému à temps, comme vous dites, on n'en serait sans doute pas là.

— Ça n'a rien à voir, vous mélangez tout ! Ce sont les politiques les responsables, aussi bien à Londres qu'à Bruxelles. Les chercheurs n'y sont pour rien.

— Balle en touche et je m'en lave les mains. Facile.

Alex jugea utile d'étouffer dans l'œuf le pugilat qui s'amorçait.

— Nous ne réglerons pas la question en trois formules à l'emporte-pièce et deux invectives. Puis-je continuer mon exposé, Sophie ?

— Je suis tout ouïe, et impatiente de connaître l'impérieux motif qui m'a valu de perdre dix nuits d'hôtel réglées d'avance, persifla-t-elle.

— On vous indemnisera, intervint Griffon. Poursuivez, Gribovitch.

Alex alluma une Gitane blonde et reprit la parole.

— L'une des chevilles ouvrières de la COGÉ-NAP s'appelle Pedro Oroya, quarante-sept ans, spécialiste en biologie moléculaire végétale et grand praticien du transgénisme. D'origine argentine, immigré de la deuxième génération aux États-Unis où il à fait ses études et ses premières armes avant de gagner l'Europe. L'Espagne dans un premier temps, puis la France, depuis dix ans. Il a d'abord travaillé à l'INRA avant d'être sollicité par la COGÉNAP où il officie depuis 1992. Il y a trois jours, il quitte son bureau au siège parisien de la société pour se rendre à Menton, où il possède une villa. Il comptait y mettre au clair un dossier en cours avant de s'envoler pour l'île

Maurice où sa femme et ses deux enfants l'attendent pour trois semaines de vacances en famille.

— Il comptait… le coupa Sophie. Je suppose que ça veut dire qu'il n'est jamais arrivé sur la Côte d'Azur.

— Exactement. La gendarmerie mobile de Bourgoin-Jallieu a retrouvé sa voiture, vide, clé au contact, sur une aire de repos de la nationale 85, entre Lyon et Grenoble.

— Quel modèle ?

— Citroën XM.

— Avec ce genre de limousine, commenta Sophie, on prend l'autoroute, pas les nationales.

— C'est ce qu'il a fait. On a retrouvé les tickets sur son tableau de bord. Il a quitté l'A43 peu après Lyon pour emprunter la N6 puis la N85 qui la prolonge.

— Pourtant l'A43 dessert Grenoble. Il devait donc avoir une raison pour en sortir.

— Peut-être le mauvais temps. Déluge sur la région, cette nuit-là. Quitte à lever le pied, il a pu choisir la tranquillité relative d'une voie parallèle, forcément moins fréquentée que l'autoroute. Mais il y a une autre hypothèse, qui n'exclut d'ailleurs pas la première.

— Laquelle ?

— Il y avait quelqu'un avec lui. Aucune empreinte dans la voiture, elles ont été méticuleusement

27

effacées. Par contre l'Identité judiciaire a retrouvé un cheveu – féminin – et une goutte de sperme frais sur le tapis de sol. D'autre part le siège conducteur était en position couchette.

— Je vois la scène. Peu probable dans ces conditions qu'il se soit allongé simplement pour prendre du repos.

— En effet. Autre élément : le cuir du siège passager était fortement imbibé d'eau.

— Il aurait donc embarqué une passagère sous la pluie. Une stoppeuse ?

— Vraisemblable. L'idée, c'est que la stoppeuse en question n'en était pas vraiment une. Il l'embarque, certainement sur l'autoroute. Elle est trempée. La secrétaire d'Oroya, qui pratique couramment le stop pendant ses vacances, a déjà discuté de ça avec lui : il n'en prend jamais, sauf si le temps est vraiment pourri. Tu me suis ?

— Tout à fait. Les ravisseurs sont au courant de la chose. Il leur faut un plan. Les prévisions météo se font complices. Ils déposent une fille là où il faut, se planquent un peu plus loin, prennent la voiture d'Oroya en filature. Il sort de l'autoroute, soit à cause du temps, soit parce que sa passagère l'a déjà séduit et lui suggère d'emprunter le chemin des écoliers pour consommer la bagatelle à l'écart des yeux indiscrets. Partie de jambes en l'air dans la XM. Les suiveurs interviennent et s'assurent facilement de leur proie pendant qu'il récupère ses esprits.

— On est bien sur la même longueur d'onde, constata Gribovitch.

— Et pourquoi les Affaires Spéciales ?

Griffon prit le relais.

— Oroya a bel et bien été kidnappé, c'est maintenant une évidence. Et c'est forcément en relation avec ses activités professionnelles. Sur le plan privé, l'homme est transparent comme de l'eau claire, et il n'est pas riche, tout juste aisé.

— Je suppose donc qu'il travaillait sur quelque chose de... très particulier, et qu'aucune publicité n'est souhaitée concernant l'affaire. C'est bien ça, n'est-ce pas ? émit Sophie Leclerc.

— Oui, bredouilla le commissaire. Très particulier est un faible mot.

— Vu sa spécialité, j'en ai déjà des frissons. Tout ça me semble battre en brèche la belle assurance de notre cher directeur scientifique, non ?

Ce disant, elle posait un regard appuyé sur Roland Poiroux, lequel avait perdu de sa superbe.

— Vous êtes plus compétent que moi sur le sujet, dit Griffon à l'intention de l'homme au ridicule costume, l'invitant ainsi à compléter le tableau pour de plus amples informations.

Celui-ci s'exécuta, d'une voix à présent embarrassée.

— C'est grave, en effet, très grave. Pedro a été recruté par la COGÉNAP pour prendre en charge un projet bien défini, dont il s'occupe avec succès depuis septembre 1992, et qui découle directement de ses activités antérieures à l'INRA. Il s'agit à la base d'un plant entièrement nouveau, déjà obtenu par une succession subtile de modifications transgéniques dont je vous passe les détails. B126Y, tel est le code identifiant ce produit au sein de la communauté scientifique, qu'il était prévu de baptiser plus prosaïquement carporavert pour le grand public. Les qualités nutritives de ce tubercule sont sidérantes. Pour simplifier, disons qu'une portion de cinquante grammes équivaut à l'ingestion de deux cents grammes de carottes, cent cinquante grammes de pommes de terre, cent vingt grammes de légumes verts type épinard, soixante grammes d'agrumes et, le plus incroyable, un équivalent de protéines à hauteur de deux cents grammes de fibres animales. Une pure merveille, comme on n'aurait jamais cru pouvoir en rêver. Inutile dans le monde développé, bien sûr, mais ouvrant de fabuleuses perspectives pour la lutte contre la malnutrition dans le tiers-monde. Nous butions cependant sur deux écueils : le tubercule muté ne pouvait germer et croître qu'en milieu tempéré, ce qui éliminait toute possibilité de culture en climat subtropical, rapide pour envisager de le faire voyager après récolte. D'autre part, soixante-quinze pour cent de ses qualités nutritives étaient inexorablement anéanties par la déshydratation ou tout autre procédé de conservation. Pedro travaillait sur le premier écueil, et la victoire a semblé un moment acquise grâce à l'isolement d'un gène du manioc qu'une mutation en laboratoire a permis d'inoculer au B126Y. À tel point que le tubercule pouvait désormais pousser jusqu'en milieu désertique, dans des conditions de terroir, de sécheresse et de température extrêmes. Oroya doutait encore pourtant, notamment quant à la dispersion du nouveau gène...

— La dispersion ? interrogea Sophie.

— Il s'agit de la possibilité qu'a un gène d'infiltrer le patrimoine d'un ou de plusieurs autres végétaux en milieu naturel, par le biais d'un vecteur extérieur. En l'occurrence le criquet. Les conséquences de cette dispersion doivent être intégralement mises à jour et étudiées avant toute introduction d'un nouveau plant dans un écosystème. Oroya a bien mis en évidence la certitude de dispersion, mais celle-ci s'est avérée sans conséquences néfastes sur les espèces concernées, notamment les cultures vivrières déjà présentes sur le terrain. Par contre il en allait tout autrement s'agissant du vecteur.

— Le criquet ?

— Précisément. Et dans le cas qui nous
occupe, les variétés pèlerin et migrateur qui ter-
rorisent régulièrement les paysans africains.
Voilà ce qui se passe. Le gène muté du manioc,
une fois mêlé au génotype du carporavert, passe
du plant attaqué par l'orthoptère dans son appareil digestif. C'est d'ailleurs de cette manière
qu'il serait communiqué aux autres végétaux
réceptifs, par ses déjections et ses mandibules,
sans implication notable, comme je l'ai déjà dit.
Or les gènes, pour voyager d'un organisme à
l'autre, ont besoin d'un support – d'un véhicule,
si vous voulez – qui peut être soit un virus, soit
une protéine. Notre gène muté, lui, utilise l'une
des protéines du B126Y qui lui donnent ses propriétés d'alimentation carnée. Cette protéine
investit donc le métabolisme du criquet et – là
est le problème – elle y est fallacieusement
reconnue comme appartenant au règne animal.
Pour faire court, disons que le criquet diffuse
non seulement le gène aux autres végétaux, mais
qu'il l'intègre également dans son propre patrimoine. Il s'ensuit dans un cas sur cinq environ
une mutation de l'insecte lui-même qui prendra
effet dès sa descendance, et qui se transmettra et
se multipliera de génération en génération.
Quand on sait la fertilité de ces bestioles...

— Quel genre de mutation ? murmura Sophie, qui voyait venir le pire.

— Aberrante. Au sein de l'organisme animal, le gène se comporte d'une manière foncièrement différente. Trois effets sont à retenir : quadruplement de la taille, donc d'un appétit déjà féroce, multiplication équivalente des capacités physiques de vol, donc du rayonnement migratoire, et, surtout, résistance accrue dans des proportions considérables à toutes les conditions climatiques et à l'ensemble des insecticides connus.

— Ce qui signifie que, si le carporavert était cultivé en Afrique, des hordes de monstres ailés et affamés verraient le jour et fondraient sur les cultures du monde entier, sans qu'on puisse rien faire pour les arrêter.

— Sur les cultures certainement, mais aussi sur les prairies, les forêts, tout ce qui est végétal.

— Joyeux programme !

— Ce n'est pourtant pas tout.

— Au point où on en est, allez-y...

— À terme, la mutation entraîne chez le criquet une sorte de cancer héréditaire qui décimera l'espèce.

— Tout n'est pas si terrible, alors. Qui se plaindrait de la disparition de cette saloperie ?

— Ça prendra des années, voire des décennies. Oroya craint par ailleurs que la maladie ne soit

33

transmissible à l'homme par la consommation des végétaux parasités par l'insecte où celle des animaux qui auraient mangé ces végétaux. Il n'en est pas sûr dans l'état actuel de ses recherches, mais a de bonnes raisons de le redouter.

— Le tableau que vous nous dressez là, c'est donc celui d'une planète désertifiée, sans une plante, sans un arbre survivant, où agoniseraient lentement des millions de gens contaminés. Nom de Dieu, vous vous rendez compte ! Dites-moi que ça n'arrivera pas.

— Jusqu'ici, aucune chance. Le programme B126Y allait être éradiqué et toutes les informations détruites. Jusqu'ici...

— Et ces informations, je suppose qu'en attendant elles se baladent tranquillement sur Internet, à la disposition de tout le monde.

— Non, intervint Gribovitch. Ça n'a jamais été le cas. Les enjeux économiques du programme ne le permettaient pas. La communauté scientifique mondiale était au courant de son existence, mais le détail en a toujours été tenu secret. En fait, les éléments du dossier tiennent en totalité sur un disque dur de capacité moyenne. Celui de Pedro Oroya. Un modèle extractible qu'il rangeait dans le coffre-fort de son bureau chaque fois qu'il en sortait. Il s'y trouve toujours, on a vérifié. Le problème, c'est qu'il en a probablement fait une

34

copie sur son ordinateur portable : il comptait profiter de ces quelques jours à Menton pour réorganiser l'ensemble des données et peaufiner l'argumentaire en faveur de leur destruction irrémédiable.

— Putain mais c'est pas vrai ! Ce type a tranquillement pris la route, seul, sans aucune précaution, avec dans sa bagnole un truc qui relègue la bombe atomique au rang de joujou pour bébé ! Qui disait tout à l'heure que les chercheurs n'ont rien à voir avec les malheurs du monde ? Poiroux, je ne sais pas ce qui me retient de vous gifler.

Griffon leva la main pour calmer le jeu.

— Nombre d'informations figurant sur le disque dur sont cryptées. C'est pour ça qu'on a enlevé Oroya. Sans lui, rien n'est possible. Mais il ne parlera pas. Du moins pas tout de suite. Ou il fera ce qu'il faut pour gagner du temps. À nous d'agir dans l'intervalle. Chez les scientifiques, on est formel : aucun organisme concurrent, public ou privé, ne mettrait en pratique un tel programme, c'est inconcevable. Par contre n'importe quel état ou groupe terroriste aux infrastructures adéquates peut se servir du B126Y comme d'un moyen de pression sans pareil, voire jouer les apprentis sorciers s'il s'agit d'une organisation fanatique. Ce qui est indubitable, c'est qu'il y a eu des fuites au niveau de la COGÉNAP. C'est là que vous intervenez, Sophie. C'est Gribovitch qui a eu l'idée. Dès demain matin, vous prenez vos fonctions dans la société comme sous-directrice des ressources humaines. À vous de sonder les cœurs et les esprits sans éveiller la méfiance. Vous devrez faire vite. Chaque jour qui passe joue contre nous.

— Commissaire ?

Griffon se retourna. L'inspecteur Anne Baroux se tenait dans l'embrasure de la porte, amaigrie par une mauvaise bronchite qui l'avait clouée au lit des semaines durant.

— Le quai d'Orsay au téléphone. Monsieur le Ministre en personne.

Griffon s'éclipsa. Un silence de mort poissa l'atmosphère dans l'attente de son retour. Il réapparut, livide.

— Ça n'est plus chaque jour, mais chaque heure qui compte désormais. Les Affaires étrangères viennent de recevoir un télex de l'île Maurice. Il s'agit de la fille de Pedro Oroya, une gamine de treize ans prénommée Juanita. Elle a disparu. La police locale penche pour un enlèvement.

CHAPITRE III

Le siège de la COGÉNAP, identifié par une simple et discrète plaque de cuivre au rez-de-chaussée, occupait les quatrième et cinquième étages d'un immeuble du XIIIe arrondissement, avenue d'Italie, tandis que les laboratoires, plus envahissants, avaient été relégués en grande banlieue. On avait décidé que Sophie commencerait ses investigations par les bureaux. Le personnel travaillant dans les labos était exclusivement composé de scientifiques et de techniciens, corporation a priori moins susceptible de corruption que les administratifs, dont l'investissement et la conscience éthique étaient forcément moins développés. Ce choix n'était pas dicté par une certitude absolue, bien entendu, mais par un taux de probabilité jugé raisonnable. De toute manière, il fallait bien démarrer quelque part.

Jean-Luc Robien, le directeur des ressources humaines et donc le supérieur hiérarchique de la nouvelle recrue, avait été comme par hasard envoyé la veille, sur décision de dernière minute de la direction générale, à un congrès qui se tenait à Montréal sur *Le rôle du DRH à l'horizon 2000*. On considérait Robien comme un homme au-dessus de tout soupçon, mais il était préférable que le moins de monde possible soit informé de l'enjeu en cours et de la mission de Sophie. On cherchait un mouchard, hors de question d'avancer à découvert.

Autre problème : un quart du personnel environ, aussi bien au siège que dans les labos, prenait ses congés d'été en juillet. La partie n'en serait que plus difficile. Poiroux pensait pourtant que la supposée brebis galeuse ne se trouvait pas parmi les absents, du fait que le départ pour Menton d'Oroya n'avait été annoncé par l'intéressé qu'au dernier moment.

Dans l'ascenseur qui la conduisait au quatrième, Sophie n'en menait pas large. Elle n'avait pas de propension particulière pour la comédie, et se demandait si elle serait à la hauteur. Elle s'examina dans le miroir. Tailleur strict, mais pas trop, ouvert sur un chemisier blanc, jupe droite au-dessus du genou. Bas neutres et souliers à petits talons. Pochette de cuir noir à mi-chemin entre le sac à main et le porte-documents. Elle avait hésité un moment à discipliner sa frange brune d'un jet de laque, mais l'avait finalement laissé manger son front comme elle en avait l'habitude. Le mieux est l'ennemi du bien. Ne pas trop en faire. À peu près satisfaite de son look, elle déboucha dans un petit hall climatisé et agréablement décoré, où Roland Poiroux l'attendait, sourire de circonstance, un peu forcé, sur ses lèvres fines.

— Madame Leclerc, bienvenue à la COGÉNAP. Suivez-moi, je vous prie.

On était convenu d'affubler Sophie d'un mari, afin de neutraliser autant que possible les rapports avec le personnel masculin.

La corvée des présentations commença. Deux heures interminables de bavardage insipide, de minauderies, de méfiance mêlée d'un soupçon d'investigation de la part des responsables syndicaux.

Seul un type un peu bizarre interpella quelque peu Sophie. Il s'agissait d'un dénommé Frank Delveau, bel homme à carrure d'athlète, au regard perçant doublé d'un sourire désarmant, qui officiait dans le bureau des attachés de presse.

La visite se termina dans l'antre de Pedro Oroya, où la secrétaire du généticien tentait de mettre de l'ordre dans un capharnaüm de dossiers empilés, écornés, souillés de taches de café, sur une grande table au milieu de la pièce. Au fond, sur une autre table moins envahie, trônait un ordinateur, une ouverture béante en façade de l'unité centrale. Le tiroir du disque dur extractible, songea Sophie. D'un regard panoramique, elle identifia l'emplacement du coffre-fort où Oroya rangeait sa mémoire de masse à chacun de ses départs, derrière une grande photo encadrée représentant une belle femme brune et deux enfants rieurs, un garçon et une fillette. En étudiant d'un peu plus près le visage angélique de celle qui ne pouvait être que la petite Juanita, son cœur se serra.

— Bonjour, inspecteur, dit la secrétaire. Émilie Forban.

Sophie gratifia Poiroux d'un regard interrogateur et peu amène.

— Elle est au courant de tout, expliqua celui-ci, on n'a pas pu faire autrement. C'est elle qui nous a dit que le matin de son départ, Pedro était monté muni de son ordinateur portable et avait probablement réalisé une copie exhaustive du disque dur. Émilie travaillait déjà pour lui à l'INRA, elle l'a suivi chez nous. Leurs rapports sont plus que professionnels, presque de père à fille. On peut lui faire confiance.

— Excusez-moi, fit Sophie à l'intention de la jeune femme. Je ne savais pas.

— Aucune importance. Vous pouvez compter

sur ma discrétion. Je suis également au courant pour… Juanita. Pour moi, c'est comme une petite sœur. Je ferai tout ce que je pourrai pour vous aider.

Ils commencèrent par le disque dur. Émilie composa la combinaison du coffre, qui se trouvait bien là où Sophie l'avait supposé, en sortit l'objet et l'installa dans l'unité centrale qu'elle mit sous tension. Après plusieurs manipulations, elle tapa les lettres A-N-T-O-N-I-O sur le clavier et attendit.

— C'est le prénom de son fils, expliqua-t-elle. Son mot de passe de base. Pas très important, il ne donne accès qu'à la première arborescence. C'est après que ça se complique. Voyez.

Effectivement, des colonnes de symboles et de caractères abscons s'affichèrent sur l'écran.

— Il y a comme ça toute une série de cryptages en cascade, dont le professeur est le seul à détenir les clés. Tordu comme il est, je défie quiconque de percer son système de codage.

— Oroya est également enseignant ? interrogea Sophie.

— Non, sourit Émilie. C'était un petit jeu entre nous. Comme il avait toujours tendance à s'adresser à moi comme à une élève chaque fois qu'il voulait me faire comprendre tel ou tel aspect de ses travaux, je l'appelais constamment *professeur*.

— Pourquoi parler de lui à l'imparfait ? Il n'y a aucune raison de penser qu'il ne soit pas encore vivant, bien au contraire.

— C'est vrai. Ça me fait un tel vide. Jamais je n'ai vécu une angoisse aussi… forte.

— On vous le ramènera, c'est juré. L'enjeu est tel qu'il n'est pas question d'envisager un échec.

— Dieu vous entende, souffla Poiroux, qui s'était définitivement débarrassé de sa défroque de savant trop imbu de lui-même.

— Dites-moi, émit Sophie à son intention. Ce Frank Delveau, l'attaché de presse, je ne le sens pas bien. Il a un regard et un sourire qui… Je ne sais pas pourquoi, mais il me fait une drôle d'impression.

— Un type étrange, en effet. Séducteur, indiscret, fouineur même. De plus, de l'avis de certains de ses collègues, il ne prend pas son travail très au sérieux et utilise des méthodes pour le moins peu orthodoxes.

— Il est à la COGÉNAP depuis longtemps ?

— Sept mois à peu près. D'après ce que j'en sais, il est dans le collimateur de Robien qui ne souhaite pas le garder très longtemps dans nos murs.

— Hum. À suivre de près. Je verrai ça. Où déjeune le personnel ?

— La plupart vont à la cafétéria de l'entreprise, au cinquième.

— Les cadres ont l'habitude de la fréquenter ?

— Quelques-uns non. Mais le plus grand nombre aime bien se mêler aux autres employés à cette occasion. L'ambiance est assez bonne chez nous. Dans l'ensemble.

— Bien. Je crois que tout à l'heure le moment sera venu pour moi d'y prendre mes marques

*
* *

Plus que d'une cafétéria, il s'agissait d'une véritable salle de restaurant, avec cuisine isolée derrière un grand comptoir qui servait également de bar. Les tables étaient disposées dans un savant désordre, pourvues de nappes visiblement changées à chaque service et de chaises confortables. Sept personnes aux fourneaux, et autant de serveuses en salle, plus un barman-sommelier. Un menu à deux variantes ainsi qu'une carte sommaire mais soignée offraient un choix capable de combler n'importe quel convive. Sophie se dit que la COGÉNAP ne lésinait pas sur les moyens de choyer son personnel, et que ces moyens devaient être considérables.

D'un commun accord, elle-même et Émilie étaient convenues de ne pas s'afficher ensemble à table. Quant à Poiroux, il déjeunait dehors et savait de toute façon devoir ne pas la gêner dans ses manœuvres d'approche par une présence trop pesante.

Sophie s'installa, seule pour le moment, après avoir gratifié la salle d'un sourire circulaire et poli, auquel on répondit ici et là. Elle commanda une assiette de crudités suivie d'une caille aux morilles, ainsi qu'une demi-bouteille de bordeaux et un quart Vittel. L'ambiance était feutrée, trop peut-être. Elle ne mit pas longtemps à s'apercevoir qu'elle en était elle-même la responsable. On l'observait en douce, et les commentaires murmurés formaient une sorte de brouhaha pondéré, genre salon de thé pour clientèle chic.

— Je peux ?

Tiens donc. Le fameux Delveau. Surprise, Sophie marqua un temps avant d'inviter l'homme à prendre place.

— Je ne vous dérange pas, au moins ?

— Du tout, au contraire. Toute seule à cette table, j'avais la douloureuse impression d'être une bête curieuse exposée à la foule.

— Ne vous en faites pas, c'est normal. Pour eux vous êtes non seulement une nouvelle, mais surtout un DRH adjoint, c'est-à-dire une sorte de pion dépendant du surveillant général. Ils ont besoin de mieux vous connaître avant d'éventuellement vous apprécier.

— La métaphore n'est pas idiote, et illustre bien l'effet que ça me fait. Vous ne souffrez pas de ce genre d'inhibition, à ce que je vois.

— Absolument pas. Ça vous impressionne ?

— Non. L'une des premières choses qu'on m'a enseignées au cours de ma formation était précisément celle de ne jamais se laisser impressionner par un salarié.

— Trêve de faux-semblants, inspecteur Sophie Leclerc des Affaires Spéciales. Votre déguisement est au point, vous n'êtes pas mauvaise actrice, mais je connais le scénario par cœur pour l'avoir étudié bien avant vous.

Complètement désarçonnée, Sophie eut du mal à empêcher le verre de vin qu'elle portait à sa bouche de se répandre sur la nappe.

— Que… ?

— Julien Bousquet, DST. Ça fait déjà sept mois que j'ai investi la place.

— Mais pourquoi ne m'a-t-on pas prévenue ?

— Parce qu'on ne le pouvait pas, parce qu'on ne le savait pas. Ma mission a été commanditée directement par l'Élysée, dans le plus grand secret, alors que vous, ça serait plutôt du côté de l'Intérieur, pas vrai ?

— Toujours la même histoire, c'est désespérant. Quand les politiques se rendront-ils compte que la guéguerre des services qu'ils entretiennent allègrement est une véritable plaie pour le bon déroulement des enquêtes, surtout dans des cas aussi graves ?

— Quand les coqs chanteront *La Marseillaise*, et encore… Comment va ce vieux Gribo ? Toujours aussi accro aux Gitanes blondes, pour ne pas parler des blondes tout court ?

— Vous vous connaissez ?

— Nos chemins se sont croisés un moment, dans une autre vie. On n'oublie pas un Gribovitch.

— Ça, c'est bien vrai. Comment avez-vous su, pour moi ?

— Secret défense, ma grande.

— Évidemment. Passons. Et votre mission, on a le droit d'en discuter ?

— *Of course*, sinon je ne vous aurais pas vendu la mèche. Exactement la même que la vôtre : identifier le vandale qui perce les tuyaux dans cette baraque. Ça fuit de tous les bords, et ça ne date pas d'hier.

— Des résultats ?

— Pas l'ombre d'un. C'est usant. J'ai cru aboutir à plusieurs reprises, mais à chaque fois la piste a viré cul-de-sac. A priori, je ne vais pas m'éterniser. Je n'ai pas trouvé la taupe, mais je crains qu'elle-même n'en soit plus là à mon égard. Je sens ça à mes poils de bras, qui se hérissent un peu trop souvent ces derniers temps.

— Nom de Dieu ! Bousquet, si vous êtes grillé, pourquoi m'aborder ? Vous êtes un amateur, ou quoi ?

— Justement non. J'ai une réputation de dragueur invétéré, dans la boîte – on se construit le personnage qu'on peut. Si je m'étais abstenu aujourd'hui d'accoster une nouvelle au châssis plutôt girond, même soi-disant mariée, c'est là qu'on aurait pu nourrir des soupçons à votre égard. Vous avez parlé de cas grave, tout à l'heure. On peut savoir si ça colle avec ce qui m'a amené ici ?

— B126Y. Ça vous dit quelque chose ?

— Hum. Une histoire de légume à la sauce transgénique, je crois, dont s'occupe un certain Pedro Oroya. Important ?

— Accessoirement. Disons que ça touche par la bande à la raison de ma présence ici. Mais je dois consulter ma hiérarchie avant de pouvoir éventuellement vous en dire plus.

Sophie n'en revenait pas. Si Bousquet ne savait rien du carporavert et de l'enlèvement d'Oroya et de sa fille, c'était que la direction de la DST et donc l'Élysée qui avait commandité sa mission n'étaient pas au courant non plus. Cela impliquait que l'Intérieur, qui avait chargé Griffon du dossier, sans doute par l'entremise du directeur Picard-Lesecq, n'en avait référé ni à l'autorité suprême de l'État, ni même peut-être à Matignon.

Les Affaires étrangères, elles, étaient dans le secret des dieux, puisque le ministre en personne avait prévenu Griffon de la disparition de la petite Juanita. C'était au bas mot le sort du monde qui se jouait en ce moment, et en haut lieu on continuait comme si de rien n'était à s'amuser à cache-cache comme des gamins jaloux. Sophie songea un instant à ses lectures de jeunesse sur les perpétuelles rivalités qui divisaient les seigneurs de l'antique Olympe. Tout cela relevait à peu près du même tonneau (de Diogène, ironisa-t-elle).

— Ne vous cassez pas la tête pour ça, reprit Bousquet. Je vais rester encore une petite semaine pour ne pas donner l'impression de passer un relais, puis je m'éclipserai. Ma direction a d'autres chats à fouetter en ce moment. Peu probable qu'elle envoie quelqu'un d'autre. Vous êtes là maintenant, et en plein accord avec les hautes instances de la COGÉNAP, contrairement à moi qui suis un sous-marin intégral. Je n'aime pas plus que vous les rituels crocs-en-jambe entre services. J'ai échoué, place au sang neuf. Et sans rancune aucune. Dites, vous le rangez où ?

— Quoi ?

— Votre pétard. Laissez-moi deviner.

Sans comprendre, elle le vit se courber et s'affaisser sur sa chaise. Puis elle sentit sa main qui s'aventurait sous sa jupe par-dessous la table et progressait entre ses cuisses.

— C'est bien ce que je pensais, continua-t-il. La plupart des fliquettes le planquent là, quand elles doivent se déguiser en femme.

— Bon, ça y est maintenant, protesta Sophie en chuchotant, vous l'avez trouvé.

Il ne retirait pourtant pas sa main. Ses doigts caressaient à présent son sexe à travers le coton du slip, en une quête qui n'avait plus rien à voir avec l'intention initiale.

— Bousquet, ça suffit.

Il se redressa et termina le verre de vin qu'elle lui avait servi.

— Je vous ai dit que ma réputation était faite ici. Faut bien que j'assume.

L'après-midi se passa dans la plus stricte monotonie, sans incident notable.

Jusqu'à dix-huit heures.

Sophie s'apprêtait à partir.

Poiroux fit irruption dans le bureau qu'on lui avait aménagé, blême, pour lui annoncer qu'on venait de découvrir l'attaché de presse Delveau dans la salle des photocopieurs.

En deux morceaux.

Sa tête tranchée par un massicot reposait dans une corbeille à papier.

CHAPITRE IV

Gribovitch souleva un coin du linge qu'on avait étendu sur la corbeille à papier, regarda la tête pendant quelques secondes et rabattit le tissu.

Il se redressa et se tourna vers Sophie, le visage ravagé.

Gris.

— J'ai déjeuné avec lui, ce midi. Il savait qui j'étais et m'a appris que vous aviez fait un bout de chemin ensemble.

— Oui, bredouilla Alex. Ça remonte à loin.

— Vous étiez très proches ?

— Pas vraiment au début. Il était lunatique. À la fois très narcissique sur le plan personnel et totalement dépourvu d'amour-propre dans le boulot. Quand une affaire foirait, il s'en foutait comme de sa première chemise. Une croix dessus et je passe à autre chose. À vrai dire, on ne s'entendait pas très bien. Et puis un jour, il m'a sans doute sauvé la vie. Il s'est délibérément interposé pour encaisser une balle qui m'était destinée. Huit jours de coma. Il s'en est sorti par miracle.

— Je comprends.

— Bon. Se lamenter sur les aléas de ce métier ne nous fera pas avancer. Que t'a-t-il dit exactement ?

Sophie attendit que Griffon et Picard-Lesecq s'approchent, flanqués d'un Roland Poiroux couleur parchemin, puis elle répéta intégralement la conversation qu'elle avait eue avec l'agent de la DST, en omettant toutefois certains détails qui ne regardaient qu'elle.

— Bon sang, bafouilla Poiroux, il y avait donc un espion chez nous depuis sept mois, et personne n'en savait rien. C'est...

— Personne, c'est vite dit, le coupa Alex. On ne l'a pas tué pour lui voler ses économies, que je sache, lui-même pressentait qu'on l'avait démasqué. Monsieur le directeur, s'adressa-t-il ensuite à Picard-Lesecq, sans vouloir vous commander, il serait souhaitable à présent que nous ayons des détails sur les éléments qui ont motivé en son temps l'infiltration de Bousquet, et sur les rapports qu'il a successivement fournis à sa hiérarchie, quoique de ce côté-là, j'ai peur que... D'autre part, il ne serait pas superflu de savoir une fois pour toutes qui fait quoi dans ce bazar organisé.

Il avait épicé sa dernière phrase d'une pointe d'acidité qui n'échappa nullement à son interlocuteur. Celui-ci tendit la main vers Sophie, laquelle lui remit son portable qu'elle tira de sa pochette-sac à main. Picard-Lesecq passa quatre coups de fil successifs. À l'Élysée tout d'abord, puis à l'Intérieur, aux Affaires étrangères et pour finir, à la DST.

— Bien, fit-il en rendant l'appareil à sa propriétaire. Comme vous l'avez sans doute compris, les Affaires Spéciales sont désormais seules en lice. Inutile de vous narrer par le menu l'embarras de mes correspondants, si prestigieux fussent-ils. Mais passons, c'est réglé à présent. La décision d'infiltrer Bousquet découle d'une plainte réitérée d'un haut responsable de l'INRA, dont on a préféré me taire le nom, formulée auprès du président en personne et qui lui faisait part d'inquiétudes sérieuses quant à la qualité de la protection des données sensibles au sein de la COGÉNAP, sans autres précisions. L'agent de la DST était donc chargé de rechercher la source des fuites supposées, mais il a échoué sur toute la ligne, comme nous le savions déjà. Ses rapports périodiques sont sans intérêt, on me l'a affirmé. Du pur verbiage. Des négligences sont évidentes dans le suivi de cette affaire. Sept mois, et... rien. C'est inconcevable.

— Je m'en doutais. Julien a toujours traité la question des rapports par-dessous la jambe, confirma Gribovitch. Ça faisait partie de ses nombreuses contradictions. Le travail d'équipe, pour lui, c'était du chinois.

— Quoi qu'il en soit, intervint Griffon, son intuition d'être grillé était fondée. Il est d'autre part à peu près certain qu'il a cet après-midi enfin découvert le pot-aux-roses qu'il cherchait depuis si longtemps, et qu'il s'est fait piéger. On ne m'enlèvera pas de l'idée que le B126Y est au cœur de la question. On ne tue pas un agent de l'autorité publique sans motif impérieux.

— Messieurs-dame, bonjour. Désolé ne n'avoir l'occasion de vous saluer qu'en des circonstances... généralement peu agréables.

Roger Dallant venait de faire son entrée, escorté d'un policier en uniforme qui ressortit aussitôt. Le bras droit lesté de son inséparable mallette et, comme à l'accoutumée, le visage aussi verrouillé que la cassette d'Harpagon.

— Salut, Roger, se força à sourire Gribovitch. À toi de jouer.

— Un café vous ferait du bien, non ? suggéra Dallant.

Il n'aimait pas travailler en public, et n'hésitait jamais à le faire savoir.

La cafétéria, désertée, dégageait une atmosphère morne qui n'avait plus rien à voir avec celle des heures de service. Roland Poiroux se recycla pour l'occasion en barman et servit des bières à défaut de café (le percolateur n'était plus sous pression et il ne savait pas le faire fonctionner).

Dallant les rejoignit au bout d'une grosse demi-heure, guidé selon les indications de Poiroux par le policier qui l'avait l'accompagné.

— À quelle heure l'a-t-on trouvé ? s'informa-t-il.

— Quelques minutes avant dix-huit heures, dit le directeur scientifique. Une femme de ménage.

— Hum. Il a été assassiné peu auparavant, probablement entre dix-sept heures et dix-sept heures trente.

— Logique, confirma Poiroux. Sauf exception, personne n'utilise les copieurs après dix-sept heures. C'est la débauche. Presque tout le personnel quitte les lieux avant la demie, à part quelques cadres.

— Le meurtrier intègre le flux, et ni vu ni connu, fit Sophie.

Dallant la contredit sur ce point.

— Risqué. Après une telle boucherie, ses vêtements devaient être couverts de sang.

— À moins qu'il n'ait prémédité son coup et emporté de quoi se changer. Il lui a suffi alors de dissimuler les vêtements maculés dans un sac.

— Ça tient debout, constata Gribovitch, mais cela voudrait dire aussi qu'il avait déjà décidé d'éliminer Julien, ainsi que de la façon dont il s'y prendrait, alors que celui-ci ne l'avait pas encore identifié. Y est-il jamais parvenu, d'ailleurs ? Tuer un flic par simple précaution préalable, et de cette façon ! Si tel est le cas, nous avons affaire à de sérieux clients. Quand on sait ce qu'ils ont entre les mains...

Un silence de plomb s'abattit sur leur tablée.

— Je vous donne les détails ? suggéra Dallant.

Alex leva la main d'un geste las et fataliste.

— Raconte, puisqu'il le faut.

— Il y a des traces de lutte sur le corps. Contusions multiples, provoquées par des coups de genou et de poing. Pas d'instrument contondant, par contre. Le visage est également tuméfié, mais sans aucune trace de griffure. L'assassin a opéré avec des gants.

— Pourquoi Bousquet n'a-t-il pas crié ? interrogea Sophie. Il y avait forcément quelqu'un pour l'entendre dans l'un ou l'autre des bureaux, ne serait-ce que moi. Il savait que j'étais là et il n'a pas appelé à l'aide, ça n'a pas de sens.

— Je n'ai pas la réponse à cette question, confessa Dallant.

— Moi, je l'ai, assura Gribovitch. On bute encore sur la personnalité de Julien, dont son agresseur était apparemment bien informé. Un solitaire, un individualiste forcené. Jamais il n'aurait demandé un secours extérieur pour se sortir d'un mauvais pas.

— Il avait pourtant de quoi s'inquiéter, continua Roger. Le meurtrier est sans doute assez petit, plus que sa victime en tous les cas, mais il s'agit d'une véritable force de la nature. Bousquet n'a pas été assommé avant d'être décapité, j'en ai la quasi-certitude à plusieurs détails que l'autopsie nous confirmera. Il a été acculé contre le châssis du massicot – un modèle manuel, comme vous le savez –, de dos, puis plié en deux, totalement conscient, et immobilisé d'une seule main, tandis que l'autre s'occupait de manœuvrer le tranchoir.

Poiroux porta machinalement la main à son cou, la sueur lui perlait au front.

— Bousquet était pourtant costaud, objecta Sophie.

— C'est ce qui me fait dire que son assassin jouit d'une force peu commune. Tenez, j'ai réuni les objets personnels qu'il avait sur lui. Son portefeuille, ses clés, un briquet et un paquet de cigarettes, ainsi que l'arme qu'il cachait, dans un étui de cheville. Un vieux 38 Smith & Wesson à barillet. Ce modèle n'a jamais été en usage à la DST, pas plus que dans aucun autre service. La bride de l'étui était ouverte, il a dû essayer de s'en saisir.

Sophie songea à la main de Bousquet entre ses cuisses, soi-disant à la recherche de son pétard. Évidemment. Tout dépendait du sens qu'on voulait bien donner à ce mot.

— C'était son flingue fétiche, commenta Alex. Jamais il n a condescendu à utiliser un modèle réglementaire. Mais...

Tous étaient suspendus aux lèvres de Gribovitch attendant qu'il poursuive.

— Aucune chance, bien sûr, mais... Passe-moi ce revolver, Roger.

Dallant fit glisser le Smith & Wesson sur le bar. Alex le prit en main, déverrouilla le barillet et le fit basculer sur son axe excentré.

Cinq balles occupaient chacune leur logement.

En lieu et place de la sixième : un cylindre de papier.

— Bingo, à un contre mille, souffla le policier. Il s'est souvenu de moi en déjeunant avec Sophie, et ça lui a rappelé une de ses petites manies du bon vieux temps. Chaque fois qu'il partait seul sur une opération risquée, ce qui lui arrivait trop souvent, il utilisait cet expédient pour me communiquer d'éventuelles informations en cas de coup dur. Le stratagème n'a jamais servi à l'époque, mais aujourd'hui... Julien Bousquet nous a laissé un message, Sophie, messieurs, sa mort n'aura peut-être pas été totalement inutile.

Gribovitch déroula fébrilement le cylindre et l'étala sur le comptoir.

— Merde, c'est illisible ! Que... ?

Dallant s'empara du morceau de papier.

— Une réduction photocopie, diagnostiqua-t-il. Pas bête. Comme j'imagine qu'aucun d'entre vous n'a envie de retourner de sitôt dans une certaine salle de cet établissement pour y procéder à un agrandissement au format initial, je vous propose de régler ce problème ici-même.

Ce disant, il tira de sa mallette au trésor un engin de verre et de plastique qui ressemblait à l'une de ces ardoises magiques pour bambins en mal de créations éphémères, introduisit le message entre deux lamelles genre microscope qui trouvèrent tout naturellement leur place dans un tiroir escamotable dudit engin, et caressa de l'index un interrupteur à effleurement.

— Et la lumière fut ! s'exclama-t-il, content de lui.

Il y avait de quoi.

Le texte s'étalait à présent plein cadre, parfaitement déchiffrable, adressé à Gribovitch.

Salut vieux frère.

Cette fois, c'est la bonne. Si tu jouis de mon inimitable prose, c'est que j'aurai plus jamais l'occasion de te taper une clope.

Il est 13 h 45. La taupe qui me file entre les doigts depuis si longtemps vient tout juste de profiter de la pause déjeuner pour essayer de me régler mon compte dans la salle des photocopieurs, où je suis encore, en train de te peaufiner cette missive version timbre poste. Une secrétaire indésirable lui a chamboulé son programme. J'ai l'intention de lui tendre un traquenard au même endroit, pour la fin de l'après-midi. Mais puisque tu me lis, c'est que ça a foiré. Chienne de vie, chienne de mort !

Je sais pas qui c'est. Quelques infos pourtant : une femme. Pas mal foutue d'après sa silhouette, mais la tronche j'ai pas idée : masque de Donald, on se croirait au cinéma. Forte comme un Turc. Incroyable rapport à sa carrure. Je suis sûr d'une chose : elle est de la maison. Déjà eu l'occasion de mater sa démarche ici, mais incapable de me rappeler. Je vais fouiner cet après-midi pour essayer de la retrouver, mais ça te servira à rien vu que je suis mort.

Numéro complémentaire : elle sent bizarre. Genre oriental, mais pas du parfum. Plutôt un truc qui se fume, si tu vois ce que je veux dire. Ni haschisch, ni herbe, ni opium. Autre chose de pas répertorié à mon catalogue personnel. Peut-être ça qui lui donne cette force.

C'est tout. Brûle un cierge pour moi, de temps en temps. Pas que j'y croie, mais ça mange pas de pain.

CHAPITRE V

Le lendemain matin, Sophie se rendit rue de Lutèce avant de rejoindre éventuellement son bureau à la COGÉNAP. Il s'agissait de faire le point, à froid, loin de l'agitation de la veille.

Gribovitch et Griffon étaient déjà là.

— Ça va ?

La question s'adressait à Alex. Il répondit d'une voix caverneuse. Visiblement, il n'avait pas beaucoup dormi.

— Comme un mercredi. J'ai passé une bonne partie de la nuit à ressasser de vieux souvenirs. C'est bon maintenant. Pas le moment de se laisser aller au spleen. On a du pain sur la planche.

Griffon prit la parole.

— Les données du problème sont assez simples. Un meurtre est perpétré dans les locaux d'une société. Donc une enquête est diligentée. Gribovitch, c'est vous qui la prenez en charge. Pour l'occasion, vous êtes un inspecteur de la

Criminelle. Picard-Lesecq s'occupe en ce moment de vous obtenir la carte idoine. Inutile d'alerter la presse au-delà du nécessaire, et à plus forte raison l'assassin de Bousquet, en mettant officiellement les Affaires Spéciales dans le coup.

— Mais la taupe va se méfier si la disparition d'Oroya n'est pas rendue publique, objecta Sophie.

— Nous ne pouvons nous permettre cette fantaisie, et vous savez bien pourquoi. Dévoiler l'affaire du B126Y déclencherait un tollé médiatique. De toute façon, la taupe, comme vous dites, sera forcément sur ses gardes. Gardons l'avantage d'un certain flou. À défaut de nous servir vraiment, ça ne pourra pas nous gêner.

— Vous pensez qu'elle est encore là ?

— C'est à peu près certain. Si le seul objectif du groupe avait été de s'assurer d'Oroya et de ses fichiers, elle aurait déjà mis les voiles sans se donner la peine d'éliminer un flic embarrassant. D'autre part les ravisseurs savaient lesdits fichiers protégés – qui ne crypte pas ce genre d'information ? _, c'est pourquoi ils se sont emparés de la fille du généticien comme moyen de pression sur lui. Maintenir leur sous-marin sur zone peut toujours s'avérer utile pour eux, en fonction de l'évolution des événements. Nous avons au moins dans notre manche une carte précieuse : le message *post mortem* de Bousquet. Gribovitch fera donc le boulot standard. En attirant l'attention sur lui, il vous permettra de continuer tranquillement vos recherches en vous basant sur ces informations.

— Qui sont minces, commenta Alex.

— Il y a quand même cette histoire d'odeur. Je dois vous signaler sur ce point que le rapport du brigadier de Bourgoin-Jallieu relatif à la XM d'Oroya faisait également mention d'un parfum bizarre et tenace dans l'habitacle.

— Hum. Deux femmes... Probablement droguées. De quoi se donner du cœur à l'ouvrage, sans doute.

— Sans oublier cette puissance physique anormale signalée par Bousquet. C'est inquiétant. Un produit apparemment inconnu...

— Ce qui nous ramène à l'univers des laboratoires, dit Sophie. C'est à ça que vous pensez, n'est-ce pas ?

— Oui, et j'en ai des sueurs froides.

— Je ne crois pas que cet élément nous soit pour l'instant d'un grand secours, assura Gribovitch. Julien avait beaucoup de défauts, mais c'était un limier de première. Vu ses petites habitudes personnelles en la matière, s'il avait déjà eu l'occasion de respirer des effluves non répertoriés durant ses sept mois dans la boîte, il s'en serait souvenu et nous n'aurions plus à nous poser de questions sur l'identité de son assassin. Mon idée, c'est que la taupe ne se shoote pas de façon chronique, mais seulement en cas de besoin. Trip spécial action, rien de plus.

— L'avenir proche nous le dira, conclut Griffon. En tout cas... soyez prudents, tous les deux.

*

* * *

Sophie consultait le fichier du personnel sur l'ordinateur de Robien, dont Poiroux lui avait officiellement autorisé l'accès. Autorisation logique, étant donné l'absence du DRH en titre et les fonctions qu'elle était supposée occuper au sein de l'entreprise.

L'idée initiale d'une banale opération de corruption sur un salarié déjà en place ne tenait plus : une âme sensible à l'appât du gain facile ne se transforme pas du jour au lendemain en bourreau patenté. La taupe était plutôt du genre commando d'élite dûment entraîné, version permis de tuer ; donc infiltrée de l'extérieur, et pas recrutée sur le tas.

Les fiches défilaient sur l'écran. De temps à autre, Sophie interrompait la litanie et prenait des notes.

C'était à désespérer !

Pour les seuls effectifs féminins et abstraction faite des intérimaires en mission courte, pas moins de treize personnes avaient été embauchées dans les douze mois précédant l'arrivée de Delveau/Bousquet, et huit autres depuis. Secrétaires pour la plupart, agents de service pour le reliquat.

Aucune nomination à un grade significatif de la hiérarchie interne.

Poiroux et Émilie, questionnés sur le thème d'une exhalaison douteuse censée caractériser l'une ou l'autre des femmes concernées, répondirent par la négative. Émilie alla même jusqu'à affirmer, avec une grande pertinence, que ce genre de détail, au sein d'un groupe, finit toujours par faire l'objet, sinon de commérages, du moins de plaisanteries répétées, ce qui n'avait jamais été le cas.

Dont acte, et chou blanc par surabondance de suspects potentiels.

— Une odeur corporelle inhabituelle, dit Émilie comme pour elle-même. C'est marrant mais… ça me fait penser à quelque chose, et je n'arrive pas à me rappeler quoi…

Elle balaya l'air devant son visage d'un revers de main et s'abîma dans le classement d'une pile de dossiers qui traînait encore.

— Bah ! Aucune importance. De toute manière ça n'a rien à voir avec la COGÉNAP.

Durant la pause déjeuner, Sophie put constater que l'assassinat de la veille occupait légitimement les conversations. Ceux et celles qui avaient été interrogés dans la matinée par Gribovitch arboraient des mines de je-sais-tout-mais-ai-je-vraiment-le-droit-d'en-parler.

Roland Poiroux s'était installé à sa table.

— Quand je pense que ce monstre est peut-être ici même, murmura-t-il, en train de se goberger comme si de rien n'était.

— C'est probable, assura-t-elle en séparant d'une lame experte une aile de poulet d'un morceau de blanc.

— Moi, je ne parviens plus à avaler quoi que ce soit depuis hier soir. Comment diable faites-vous pour avoir de l'appétit après... ça ?

En effet, il chipotait d'une fourchette peu convaincue les cubes de pomme de terre qui jonchaient le fond de son assiette.

— Question de survie, répondit Sophie. Si je devais jeûner chaque fois que je vois un cadavre, il y a longtemps que je serais morte à mon tour... D'inanition.

Il grimaça.

— Vous faites un drôle de métier.

— Moins dangereux pour la communauté que

le vôtre, persifla-t-elle, si j'en juge par les motifs de notre récente rencontre.

Il accusa le coup et baissa le nez.

— Éternel débat, j'en conviens. Les scientifiques sont-ils supposés s'abstenir de chercher à percer les mystères de la matière, sous prétexte d'une humanité le plus souvent inapte à assumer les conséquences de leurs découvertes ? Si tel était le cas, nous en serions encore à l'âge des cavernes.

— De là à jouer les apprentis sorciers, il y a une marge. Le problème, c'est que dans tout savant il y a un gamin naïf et irresponsable qui sommeille, vous le savez parfaitement. C'est consubstantiel à votre nature. Vous voulez des exemples, sans parler du petit dernier qui nous occupe actuellement ?

— Pas la peine. Je sais bien que la liste serait longue.

Elle le gratifia d'une œillade qu'elle voulut chaleureuse.

— Arrêtons ça, voulez-vous. C'est ma faute. J'ai la langue trop bien pendue, et l'heure n'est malheureusement pas aux débats philosophiques. Comme le dit mon équipier, nous ne réglerons pas la question en trois formules et deux invectives. L'important, vu la situation, c'est de faire corps, tous ensemble. Et de réussir. Nous n'avons pas le droit d'échouer.

Après avoir confié à Poiroux les treize fiches tirées sur imprimante susceptibles d'être passées au peigne fin, Sophie prit un café et regagna son bureau. Le directeur scientifique, en les remettant à Gribovitch, permettrait à celui-ci non seulement de prêter un peu plus attention à celles d'entre elles qu'il verrait dans l'après-midi, mais aussi de soumettre leur photo au fichier anthropométrique central. On ne savait jamais. Elle avait délibérément négligé les huit noms recrutés après l'entrée en scène de Bousquet, puisque les fuites avaient forcément commencé avant que la DST ne soit saisie de l'affaire. D'autre part, elle ne comptait plus remettre les pieds rue de Lutèce dans l'immédiat, afin d'éviter tout impair du genre filature impromptue.

À présent, elle trépignait sur sa chaise. Aussi elle se leva et fit les cent pas dans la pièce aux dimensions modestes.

À court d'initiative.

Elle étouffait.

Quelque part dans la nature, une bande organisée dont on ne savait rien avait en main les deux briques d'un jeu de construction qui pouvait réduire la planète à l'état de fossile desséché : une copie du disque dur contenant toutes les informations sur le projet carporavert, et le seul homme capable d'en tirer la substantifique moelle. Même le ciment pour assembler lesdites briques ne leur manquait pas, en la personne d'une fillette au joli sourire dont le père ne pourrait endurer qu'on touchât au moindre de ses cheveux.

Et pendant ce temps elle était là, entravée, par défaut d'indices suffisants.

Inutile.

Foncièrement, stupidement inutile.

N'y tenant plus, elle sortit du bureau et erra de couloir en vestibule, affichant la mine affairée d'un cadre dont chaque minute coûte une petite fortune à son employeur en salaire direct et en charges sociales, qui le sait et qui n'entend pas qu'on ait un jour des motifs de le lui reprocher.

Puis, à bout de ressources, s'en voulant de ne savoir prendre sur soi, elle dévala les escaliers et se retrouva dehors, les mollets en compote. Elle remonta l'avenue d'Italie, passa devant le numéro 12 où elle savait qu'au sixième étage se tenait l'éditeur d'un de ses amis auteur de polars, avala rapidement un soda à la brasserie toute proche, régla, parcourut encore les quelques mètres qui séparaient l'établissement de la place d'Italie. Il faisait chaud. La circulation de cette première quinzaine de juillet était plutôt fluide, mais l'absence de vent exacerbait le niveau de pollution, poissant la peau et les cheveux.

Elle eut soudain des envies de province, de

campagne, d'eau courante parmi les vallons et d'air pur. Elle se promit qu'une fois cette affaire terminée – si elle devait jamais se terminer – elle récupérerait d'autorité les jours de vacances qu'on lui avait volés et se sauverait loin de Paris. Pas à Deauville cette fois, dont les conglomérats de touristes ne la tentaient plus ni même les ardeurs juvéniles d'un certain Apollon qu'elle y connaissait, mais au cœur de l'Auvergne ou de l'arrière-pays breton.

Ou peut-être chez sa vieille tante Armelle, dont la petite maison basse et blanche, couverte de tuiles romaines moussues, semblait un navire hors d'âge échoué sur la rive d'un canal charentais, peuplé de sandres savoureux et de grenouilles bavardes. De cette arche hospitalière, elle rayonnerait de bourg en village, sur la vieille bicyclette grinçante que sa tante n'utilisait plus depuis des lustres, tenterait de dénicher l'un ou l'autre de ses anciens compagnons de jeux estivaux – parmi le nombre, il devait bien s'en trouver un ou deux restés au pays _, se prendrait quelques cuites mémorables au pineau local en réinventant avec eux les souvenirs d'autrefois, et ne réintégrerait la verroterie souillée de la modernité parisienne qu'une fois totalement lavée, récurée, régénérée dans chacune de ses cellules, purifiée dans chacun de ses atomes.

Qu'il était bon de rêver à l'impossible !

Elle leva la main pour arrêter un taxi.

Un incoercible besoin de sommeil la taraudait, et elle savait que, elle ne ferait de toute façon, plus rien de bon cet après-midi.

Rentrer chez elle.

Dormir.

Gommer aujourd'hui le réel pour mieux l'affronter demain.

CHAPITRE VI

Comme tous les soirs du lundi au vendredi, Émilie Forban prit la ligne 5 du métro place d'Italie et descendit à République, d'où elle regagna d'un pas de promenade la rue de la Fontaine-au-Roi. Elle y habitait depuis bientôt deux ans un minuscule studio, au troisième étage d'un immeuble ancien convenablement restauré. Le loyer raisonnable n'écornait pas trop son salaire, et elle avait toujours souhaité revenir vivre dans le XIe arrondissement où elle avait passé la majeure partie de son enfance et de son adolescence. Ses parents y tenaient autrefois un petit commerce de mercerie. Quand ils étaient morts d'un accident de la route, en 1989, elle avait dû s'exiler en banlieue, sa modeste bourse d'étudiante ne lui permettant pas à l'époque d'assumer le coût d'un logement intra muros. L'année suivante, BTS de secrétariat scientifique et technique en poche, elle était parvenue à décrocher un stage à l'INRA, qui s'était soldé par une embauche ferme dans le service où exerçait Pedro Oroya. Celui-ci avait très rapidement fait d'elle sa secrétaire personnelle et, depuis, elle ne l'avait plus quitté, jusqu'à le suivre à la COGÉ-NAP. C'était lui qui, en faisant jouer une relation, lui avait obtenu le studio rue de la Fontaine-au-Roi, dont elle avait pu prendre possession sans avoir à verser la moindre caution.

Elle s'apprêtait à pianoter sur le digicode quand une voix fredonnant un vieil air de Frank Sinatra la fit se retourner.

Elsa.

Émilie avait hérité de son père un penchant immodéré pour les prestations du crooner améri-cain, et elles en avaient écouté ensemble plusieurs vinyles crachotants sur son antique platine Lenco, lors de leur dernière rencontre.

Elsa était une drôle de fille.

Elle ne travaillait pas, et vivotait, selon ses dires, d'hôtel en foyer, couchant souvent dehors à la belle saison. Nullement dépourvue d'argent, cependant. Elle avait toujours une liasse de billets sur elle, pas très conséquente mais suffisante pour qu'on puisse se poser des questions sur la source d'une manne sans commune mesure avec les habi-tuelles piécettes peuplant parcimonieusement les poches d'un véritable SDF. Mais Émilie n'était ni vraiment curieuse ni soucieuse d'explorer le curriculum vitæ de ses relations de passage.

Elle avait rencontré Elsa pour la première fois lors d'une promenade qui l'avait conduite sur le parvis de Notre-Dame, un dimanche matin. C'était... trois ou quatre semaines plus tôt, à peu près.

Elles avaient discuté, déjeuné ensemble d'une pizza quai des Grands-Augustins, s'étaient reconnues comme membres de la même tribu, et se voyaient souvent depuis, chaque fois sur l'initiative d'Elsa peu facile à joindre du fait de sa manière de vivre.

Émilie, très intégrée socio-professionnellement et ne se posant que peu de questions sur la marche du siècle, n'en avait pas moins des mœurs sexuelles dites particulières, qu'elle assumait d'ailleurs sans aucune arrière-pensée, même si elle n'en parlait pas autour d'elle. Sa mère, quelques années auparavant, s'était certainement douté de quelque chose, mais la question n'avait jamais été explicitement abordée. Tabou, donc statu quo. L'autruche est le plus heureux des oiseaux.

Assise en tailleur sur le trottoir d'en face, Elsa se redressa et traversa la rue. Comme à l'accoutumée, elle ne resplendissait pas de propreté. Ses vêtements élimés et souillés trahissaient des jours d'errance en ville et ses cheveux châtains, coupés mi-long et bouclés, n'avaient vu ni peigne ni shampooing depuis un bon moment. L'une de ses baskets avait rendu l'âme, éventrée sur une chaussette d'un blanc plus que douteux.

— Toujours aussi crado, constata Émilie. Comment peux-tu vivre comme ça ?

— Ça te fera l'occasion de me proposer une douche et de me frotter le dos, répondit la jeune fille en arborant un large sourire. Tu as une petite mine, toi. Ça ne va pas ?

Émilie eut envie de déballer tout ce qu'elle avait sur le cœur mais sut rester raisonnable. L'inspecteur Leclerc lui avait formellement interdit de divulguer quoi que ce soit, même à un proche.

— Rien d'important. Les soucis habituels du boulot. Tu as vraiment besoin d'un sérieux récurage. Viens. On monte.

*

* *

La courroie du tourne-disque commençait à fatiguer. Elle émettait un chuintement feutré qui n'empêchait cependant pas encore le plateau de tourner rond. Émilie se demanda où elle pourrait bien trouver des pièces de rechange pour un modèle aussi ancien.

La voix de Billie Holliday s'installa doucement sur un tempo de ballade, empreinte d'une fêlure qui portait tout le poids de l'histoire du peuple noir américain.

— Je préfère Sinatra, dit Elsa qui, avant de passer à la douche, dévorait à belles dents un sandwich jambon-beurre lardé de cornichons.

— Pas du tout la même chose, commenta Émilie. Moins flatteur, mais beaucoup plus authentique.

— Tu n'aimes vraiment que ces trucs préhistoriques ?

— Ben oui. C'est de famille. Allez, à poil maintenant. Y a du boulot !

Elsa termina son casse-croûte et se débarrassa de son jean et de son slip après s'être déchaussée. Elle se laissa ensuite tomber sur le canapé-lit et enleva le haut.

— Si ça ne te fait rien, proposa la locataire des lieux en ramassant une à une les hardes éparpillées, tout ça va finir à la poubelle. On est à peu près de la même taille, je vais te filer des fringues plus décentes.

— Hé, doucement ! Y a toute ma logistique, là-dedans.

La sauvageonne récupéra temporairement son pantalon dont elle vida les poches. S'étalèrent sur la table basse : un laguiole partiellement oxydé, quatre billets de deux cents francs chiffonnés, cinq ou six pièces, un briquet jetable de marque indéfinie, un paquet de tabac, une tablette de papier Job et un pochon de plastique renfermant un assemblage sans doute très personnel de substances prohibées, à en juger par l'odeur qu'elles dégageaient quand Elsa allumait l'un de ses joints.

— Tu n'as pas de papiers ?

— Y a belle lurette. Je ne me souviens même pas de quand je les ai perdus.

— Ça ne t'a jamais posé de problèmes avec la police ?

— Jusqu'ici, j'ai pu éviter ces messieurs. À chaque jour suffit sa peine.

Émilie reprit le jean. Elle remarqua une traînée brunâtre sur le tissu délavé, au niveau de la cuisse.

— C'est quoi, ça ? On dirait du sang.

— Je me suis coupée en ouvrant une boîte de sardines avec mon couteau, la semaine dernière, expliqua Elsa en montrant son pouce gauche. Rien de grave, c'est guéri à présent.

L'eau dessinait sur le corps d'Elsa de fines rigoles qui divergeaient depuis les jointures des épaules et la naissance des seins, puis se rejoignaient plus bas, lui nappant le ventre et la taille d'une pellicule brillante et mobile. Elle accentua le débit du mélangeur et fut d'un coup totalement enveloppée.

La jeune fille des rues n'avait pas tiré le rideau de la douche, ni fermé la porte de la minuscule salle de bains. Depuis le coin cuisine, où elle s'affairait à ranger un peu de vaisselle, Émilie contemplait d'un visage tendu les formes élancées et musclées de l'adolescente. Elle n'avait vraiment pas un physique de zonarde à la dérive, mais respirait au contraire la santé et le bien-être. La secrétaire serra les cuisses. Le spectacle de son amie dénudée et caressant complaisamment son corps de ses mains moussantes de savon produisait son petit effet.

— Tu ne viens pas ? Ça fait du bien pourtant.

À travers la vapeur qui enchâssait Elsa d'un écrin flou et changeant, les deux filles échangèrent un regard brûlant.

— Pourquoi pas. Attends.

Émilie s'apprêtait à enlever ses propres vêtements.

— Non. Comme ça.

Elle fit d'abord semblant de ne pas comprendre, puis ses traits s'épanouirent en un sourire chargé de complicité. Elle quitta cependant sa montre et ses mocassins de cuir, puis entra dans la douche, tout habillée.

Elsa poussa un petit cri de souris et l'agrippa

par les cheveux, approchant sa bouche de la sienne. Leurs lèvres se frôlèrent un instant, puis s'écartèrent doucement. Leurs dents s'entrechoquèrent, leurs langues se rejoignirent et s'épousèrent, papilles dilatées au maximum. Émilie exhala un gémissement et referma ses cuisses autour de celle d'Elsa. Elle sentait couler dans sa gorge la saveur sucrée de la salive d'Elsa. Elsa. Le feu à l'intérieur de son sexe montait encore, inexorable, libérant spasmodiquement des salves de liquide intime qui se mêlaient à l'eau chaude gorgeant à présent sa courte jupe et sa petite culotte. Le gémissement continu se transforma peu à peu, devint râle. Elle avait envie, besoin d'amour. Tout son corps réclamait cette sorte de caresses expertes dont seules les lesbiennes ont le secret.

Elsa tendit le bras. Ses doigts se refermèrent autour d'une paire de ciseaux, sur la tablette qui surplombait le lavabo. Elle les brandit tout près des carotides d'Émilie. Le froid de l'acier sur la peau. Regard un instant paniqué. Raidissement brutal de tous les muscles.

Elsa sourit encore, paupières mi-closes, à peine une fente, sourire sibyllin ouvert sur deux canines inhabituellement pointues.

— Tu accepterais de mourir en faisant l'amour avec moi ? chuchota-t-elle d'une voix à peine audible. Je pourrais t'égorger, là, sous ta propre douche. Ton sang se mêlerait à l'eau, ça ferait joli. Tu ne sentirais presque rien. Jusqu'à la dernière seconde de ta vie je fouillerais ta chatte de ma langue féline, et tu quitterais doucement cette vallée de larmes la jouissance au cul. Y a pire, comme mort.

Émilie se cabra, interposa sa main entre sa gorge et les pointes des ciseaux entrouverts.

— Arrête. Tu es vraiment dingue. Je n'aime pas ce genre de perversions, tu le sais.

Elsa écarta les ciseaux, comme à regret.

— Je n'ai pas l'intention de te tuer, pas encore, minauda-t-elle. Pour ça il faudrait que j'aie fini d'explorer toutes les richesses de ton anatomie de rêve, et c'est loin d'être le cas. Je veux juste t'extraire de ces vêtements trempés.

Ce disant, elle pinça entre pouce et index le tissu du chemisier, complètement collé à la peau, et ouvrit d'un seul coup de lames un cercle autour du téton droit d'Émilie.

— Eh ! C'est donc vrai, t'es folle à cent pour cent ! C'est cher, les fringues, et j'ai pas la paie de Crésus.

— La thune c'est rien. Si t'en veux je t'en donnerai, à pleines brassées. De quoi dévaliser toutes les boutiques de luxe à trois kilomètres à la ronde.

De guerre lasse, Émilie décida de cesser de lutter et de s'abandonner sans plus rechigner aux fantasmes de son amie.

Celle-ci découpa un second cercle sur le sein gauche. Promena alternativement sa langue d'un téton dressé à l'autre, les suçant jusqu'à la douleur, les mordillant à petits coups répétés.

Puis elle arracha les ruines du chemisier d'un geste sauvage et trancha la jupe et le slip de coton en un seul mouvement continu, de bas en haut.

La pomme de douche coulait toujours sur leurs deux corps nus et soudés l'un à l'autre. La vapeur avait à présent envahi tout le volume de la salle de bains.

Poussant à son tour un cri d'animal en chaleur, Émilie se laissa choir à genoux sur la faïence du bac, écarta de ses deux mains les cuisses d'Elsa et engouffra la totalité de son sexe touffu dans sa bouche avide de plénitude. Conjointement, elle dressa son majeur droit et l'enfonça profondément dans l'anus de la fille largement ouverte.

Elles étaient à présent allongées sur le canapé-lit qu'elles avaient déplié. Émilie entretenait son excitation d'un index paresseux parmi les boucles blondes de son pubis, tandis qu'Elsa s'immergeait dans la confection appliquée d'un joint deux feuilles. Sitôt qu'elle l'eut allumé, un nuage épais se répandit dans la pièce, dégageant cette odeur à la fois âcre et sucrée si particulière, dont Émilie avait déjà remarqué qu'elle émanait en permanence du corps de son amie, à peine décelable mais néanmoins présente, même quand elle ne fumait pas, même après une douche. Incidemment, elle se rappela sa réflexion spontanée, en fin de matinée, suite aux questions de Sophie Leclerc au sujet d'une odeur corporelle spéciale qu'elle aurait remarquée chez l'une ou l'autre des employées de la COGÉNAP. C'était évidemment le parfum d'Elsa, de la drogue d'Elsa, qui s'était imposé à son esprit sans parvenir alors clairement au niveau de sa conscience.

— Bon sang ! fit-elle. Tu mets quoi là-dedans ? J'ai déjà eu l'occasion de renifler pas mal de choses bizarres mais ça, jamais avant de te connaître.

Elsa tourna la tête dans sa direction, les yeux fermés, savourant une intense et profonde première bouffée.

— Mélange maison. Dommage que je ne puisse pas le faire breveter. Tu en veux ?

— Non. Même l'herbe de monsieur tout-le-monde, j'ai du mal à apprécier.

— Justement. Rien a voir avec l'herbe de monsieur tout-le-monde. Avec ça, pas de mal de crâne, pas d'irritation de la gorge. Juste du plaisir, et quelque chose que je ne pourrai jamais t'expliquer avec des mots. Allez. Abandonne-toi un peu, au lieu de jouer les mijaurées. L'amour après ça, c'est… Non, vraiment, ça ne peut pas se raconter.

Émilie se laissa faire encore une fois.

— Fais voir. Si ça me fait tousser, je balance tout le bazar à la poubelle avec tes fringues de clodo.

Elle prit le joint des doigts d'Elsa et tira dessus. Puis s'allongea complètement, tous ses muscles au repos.

Effectivement, ça n'était pas racontable.

Les yeux clos, elle sentit qu'Elsa bougeait sur le lit, qu'elle la chevauchait bientôt, tête-bêche.

Du nez, elle fouilla parmi les poils, embrassa le sexe ouvert de ses lèvres tremblantes, décolla le clitoris de sa langue en tuile.

De son côté, Elsa calquait sa caresse buccale sur la sienne, faisant exactement la même chose au même instant.

Les langues s'enfoncèrent, léchant les parois chaudes et mouillées.

Les dents mordaient la chair rose et tendre, agitée de tressautements incontrôlés.

Le jus d'Elsa, élixir de plaisir, coulait dans la bouche d'Émilie, dégoulinait sur son menton.

À tâtons, elle posa le joint sur le cendrier, au bord du lit.

Elsa aspira soudain son clitoris saturé de désir, violemment, interminablement. Elle fit de même avec le sien. Leurs corps s'immobilisèrent, comme figés dans une photo, puis elles explosèrent de concert, en silence, emportées par une houle née du fond de leurs entrailles pour venir se fracasser contre les plus infimes neurones de leurs cerveaux exacerbés par le stupéfiant.

*
* *

Le lendemain matin, Émilie Forban ne se rendit pas à la COGÉNAP. Surprise de ne pas la trouver à son poste, Sophie Leclerc demanda à Roland Poiroux d'appeler chez elle.

Elle ne répondait pas au téléphone.

Gribovitch en fut discrètement avisé. Il se déplaça en personne rue de la Fontaine-au-Roi, où il trouva porte close.

Convoqua un serrurier qui se joua du verrou en quelques secondes.

Le studio de la jeune femme était vide.

Le lit défait.

Pas de trace d'un départ inopiné.

En procédant à une inspection sommaire des lieux, il trouva dans la poubelle, sous l'évier, un paquet de vêtements hirsutes roulés en bouchon.

De guingois sur l'égouttoir, un cendrier lavé, en verre ordinaire.

Ce qui inquiétait Alex et lui mettait la mort dans l'âme, c'était cette odeur bizarre qui poissait l'appartement, et qui ne ressemblait à rien d'identifiable.

Du moins à sa connaissance.

Après avoir appelé Sophie pour lui faire part de ses constatations, il se rendit rue de Lutèce d'où il déclencha immédiatement la panoplie des opérations appropriées.

À quinze heures trente, toutes les recherches s'étaient avérées vaines.

Il fallut se rendre à l'évidence : Émilie Forban avait bel et bien disparu.

CHAPITRE VII

Émilie se réveillait doucement. Elle avait de la peine à récupérer ses esprits. Un voile violacé s'interposait devant ses yeux, qu'elle parvint à dissiper en disciplinant peu à peu son cerveau qui répondait mal aux sollicitations de sa volonté.

Le rideau pourpre se désagrégea enfin. Elle se trouvait dans une semi-pénombre, faiblement éclairée par un rectangle de lumière, là-bas, à cinq ou six mètres d'elle. Un ronronnement continu et entêtant lui labourait le crâne.

Comme… un bruit de moteur.

Pourtant, aucune vibration trahissant le contact de pneumatiques avec l'asphalte d'une route ne se communiquait à son corps. Elle secoua la tête. C'était idiot. L'endroit où elle se trouvait était beaucoup trop grand pour être une voiture. Un bateau peut-être, ou…

Oui, c'était ça, elle en avait la certitude à présent. Un avion. À hélices, pas à réaction.

Elle remua un peu, constata qu'elle était encore nue, et allongée sur une couverture sombre à même le plancher du zinc. Pas de sièges dans la carlingue. Quelques ballots sanglés jetés çà et là autour d'elle, sans ordre.

Un transporteur de marchandises, probablement.

Elle se rendit compte qu'elle avait froid, se frictionna les bras des deux mains ; émit un gémissement. Une petite boule gonflait la saignée de son coude gauche, douloureuse. On lui avait injecté quelque chose. Un somnifère, bien sûr.

Elle entendit un bruit derrière elle, se souleva sur une main et tourna la tête.

Elsa.

Sourire énigmatique aux lèvres. Nue elle aussi, la taille entourée d'une ceinture de voyage qu'Émilie reconnut aussitôt : elle lui appartenait. Elsa avait dû la dénicher dans son placard, au studio, pour y ranger son maigre fourbi.

Émilie lui adressa un regard suppliant et rongé d'incompréhension.

— Que... Qu'est-ce qui se passe ? interrogeat-elle d'une voix empâtée.

Elsa accentua son rictus, retroussant ses lèvres sur ses canines pointues.

— Ce serait bien trop long à t'expliquer, répondit-elle sur un ton laconique. Et ce n'est pas mon rôle de le faire. Tu comprendras… plus tard. Tu devrais être contente de ce qui t'arrive. Cette existence minable que tu menais, c'était rien, du vent, de la crotte. Te voilà embarquée dans une aventure comme n'en a jamais vécu aucune midinette de ta sorte. Fantastique, non ?

Deux larmes perlèrent sur les joues de la secrétaire.

— J'ai froid. Pourquoi on n'a pas de vêtements ?

— Là où nous allons, aucune fille n'en porte. Tu verras, on s'habitue très vite. Et puis… je t'aime bien comme ça, fragile et disponible. Je suis responsable de toi, ma petite gouine préférée. Entièrement responsable, sur ma vie. Ça signifie aussi que tu es à moi, exclusivement et entièrement à moi. La seule chose que je n'ai pas le droit de faire avec toi, c'est de te tuer. Mais je n'en ai aucune envie, je te l'ai déjà dit hier soir. Repose-toi maintenant. Tu auras tout à l'heure besoin de toute ta condition physique. Tu verras, c'est le pied. Moi, j'adore ça.

Sur ces paroles sibyllines, Elsa se tut, tira la fermeture Éclair de la ceinture de voyage, et en sortit son attirail à joints.

Émilie se roula en boule sur la couverture pour profiter au maximum de la chaleur dégagée par son corps. Ainsi donc cette fille l'avait séduite de manière programmée. Pas une miette de leur rencontre et de l'idylle qui s'était ensuivie n'était due au hasard. Elle s'était laissé manœuvrer comme une imbécile.

Quant à deviner pourquoi on l'enlevait, ce n'était pas bien difficile. Pour une raison qu'elle ignorait encore, c'était forcément en relation avec son patron et ce maudit projet de légume transgénique. Elle savait déjà qu'elle allait bientôt revoir Pedro Oroya, et peut-être même Juanita, mais cette perspective n'avait malheureusement rien pour l'enchanter. Peu à peu, l'engourdissement gagna de nouveau ses muscles, effet résiduel du barbiturique qu'on lui avait administré. Pourquoi lutter ? Se réfugier dans le sommeil, plutôt que de se torturer inutilement l'esprit. Elle sombra en quelques secondes.

— Réveille-toi. Allez, finie la sieste !

Secouée comme un fétu de paille, Émilie reprit brutalement connaissance. Elle ouvrit deux grands yeux hagards. Elsa se tenait à genoux au-dessus d'elle, une main sur son flanc, un joint allumé dans l'autre. Elle portait un sac à dos, sanglé aux épaules, à la taille et sous les fesses.

— Debout, et mets ça. Elle lui tendit un autre sac identique au sien.

La carlingue était à présent noyée d'une

lumière rouge qui s'y engouffrait par une large porte latérale ouverte sur le ciel. Un homme s'activait, accoutré d'une sorte d'uniforme militaire. Il poussait un à un les ballots dans le vide.

— Premier largage terminé, on remonte ! braillа-t-il à l'intention du pilote invisible.

D'un brusque flash de conscience, Émilie comprit ce qui allait se passer.

— Nooonn ! hurla-t-elle, je ne veux pas. Jamais je n'ai fait ça.

— Il le faut pourtant. Tiens, ça te donnera du courage, et tu me remercieras plus tard d'avoir vécu ça.

Émilie tenta de résister, mais la poigne d'Elsa de chaque côté de son menton était si puissante et douloureuse qu'elle dut s'exécuter et inhaler une bouffée. Immédiatement, son esprit plongea dans un abîme d'assurance et de plénitude. Elle endossa le parachute sans plus rechigner et regarda dehors, tandis qu'Elsa s'affairait à ajuster les sangles sur son ventre et autour de ses cuisses. L'opération achevée, elle plongea ses lèvres et sa langue parmi les poils pubiens d'Émilie, arrachant à celle-ci un cri de plaisir aussi bref qu'intense.

— Tu comptes trois secondes et tu tires la poignée d'un coup sec, je serai juste derrière toi. Trois secondes. Compris ?

Émilie opina et avança d'un pas sur le côté.

D'un seul regard, elle embrassa un paysage sublime, embrasé par le soleil déclinant.

— Maintenant ! gueula Elsa derrière elle.

Elle ressentit une forte poussée dans les reins et se retrouva dans le vide, comme avalée. Ferma fort les paupières et les rouvrit aussitôt. La poignée. Les trois secondes étaient largement passées. Elle battait sur la peau de son ventre. Sa main la localisa aussitôt.

Le choc fut terrible. C'était comme si on lui arrachait tous les os du tronc, comme si l'ensemble de ses organes s'était tout à coup retrouvé plaqué, comprimé au niveau de son bassin.

Puis ce fut le paradis.

Elle descendait doucement, immergée dans un four de lumière cramoisie. Elle était l'oiseau. Elle était l'âme désincarnée qui survole sereinement le pauvre monde, détachée de toute contingence, libre et souveraine.

Peu à peu, elle reprit contact avec son corps. L'air brûlant l'enveloppait, la caressait, s'immisçait entre ses cuisses, ses fesses, les lèvres de son sexe. Léchait son ventre et ses seins d'un suave attouchement. Le paysage sous elle, autour d'elle, échappait aux mots, aux concepts auxquels elle était habituée.

L'Afrique.

Une évidence qui s'était imposée aussitôt qu'elle avait basculé dans l'éther, entre ciel et terre, entre les certitudes paresseuses de son existence passée et l'immense point d'interrogation d'un avenir qu'elle ne maîtrisait plus.

L'Afrique.

Le mot résonnait dans son crâne, en giflait les parois de son « f » et de son « r » enchaînés, à l'image des chauves-souris de ses vacances enfantines à la campagne, entre chien et loup, dont il lui semblait alors ressentir physiquement le battement des ailes sur ses joues.

Un rire terrifiant, sauvage et inhumain.

Elle tourna la tête sur sa gauche.

Elsa flottait à ses côtés, poupée diabolique au bout des ficelles de son parachute, agitant ses jambes frénétiquement, hystérique.

— Quand je te disais que c'était le pied ! hurla-t-elle. Le méga-foot !

Émilie conservait encore assez de libre arbitre pour ne pas abonder oralement dans le sens souhaité par son ancienne amie, mais elle devait bien s'avouer que jamais elle n'avait vécu semblable émotion.

— N'essaye pas de contrôler ta descente, vociféra Elsa. Laisse-toi aller. Moi, je sais diriger ces engins. Je m'arrangerai pour toucher le sol le plus près possible de toi. Attention à l'atterrissage !

Jambes fléchies. De la souplesse surtout. Sinon gare à la casse !

L'impact s'avéra en effet plus violent qu'elle ne l'aurait cru. Elle se reçut sur la pointe des pieds, se retrouva accroupie, dos rond, genoux joints, puis d'une sollicitation des mollets chercha un roulé-boulé dont il lui semblait qu'il lui éviterait d'être tout entière recouverte par la voilure qui s'avachissait déjà au-dessus de sa tête. L'objectif fut bien atteint, mais largement au-delà de ses prévisions. La détente la souleva brutalement, en un bond de cabri qui la propulsa à plusieurs mètres de sa position initiale. Emportée par l'élan, elle chuta douloureusement sur le côté, ses deux aines cisaillées par la tension du harnais trop court pour accompagner un tel écart. Elle se releva en massant son épaule malmenée, incrédule face à l'incongruité de cette puissance physique aussi nouvelle qu'improbable.

— Pas mal pour une débutante, commenta Elsa qui se tenait à ses côtés, déjà libérée de son parachute, et entreprit de la dessangler à son tour.

Émilie se campa soudain fermement sur ses jambes, poussa un cri de bête fauve et referma l'étau de ses doigts autour de la gorge nue, le désir de tuer au fond des yeux. Elle serra, serra, sentit les cartilages qui jouaient sous la pression, le sang qui luttait pour se frayer un passage dans l'artère comprimée.

Peine perdue.

Les yeux d'Elsa se révulsèrent, une atroce grimace déforma un instant ses traits, mais elle se reprit très vite et enserra le membre agresseur d'une main déterminée. Les ongles s'enfoncèrent dans la peau d'Émilie, jusqu'à la chair.

Elle dut lâcher prise.

— Ne te prends pas déjà pour Superwoman, ma chérie, persifla la jeune fille. De ce côté-là, j'ai plus de bouteille que toi et ça pourrait te jouer des tours.

Un camion qui arrivait dans un nuage de fine poussière rouge mit fin à l'altercation. Il ralentit et stoppa. Un chuintement de décompression lézarda le silence crépitant du crépuscule.

— Monte, ordonna Elsa. Et pas d'autre plaisanterie de ce genre, s'il te plaît.

Vaincue, Émilie s'exécuta et grimpa dans la remorque, où s'entassaient en vrac les ballots jetés depuis l'avion.

Puis le véhicule tout-terrain s'ébranla de nouveau, cahotant violemment sur une piste bourrée d'ornières. Fantomatiques et lugubres, les contours des maigres arbustes parsemant la savane se délitaient peu à peu, mangés par la nuit tombante.

Accumulation d'émotions trop lourdes pour elle ? Ou était-ce parce que les effets induits par la drogue d'Elsa s'estompaient progressivement ? Émilie s'effondra telle une loque sur le plancher de tôle et se mit à pleurer toutes les larmes de son corps.

CHAPITRE VIII

Pierre Griffon toussa ostensiblement. Son bureau était complètement enfumé. Gribovitch comprit le signal et écrasa dans le cendrier la quatrième Gitane blonde qu'il venait d'allumer en moins d'une demi-heure.

À l'image des deux hommes, Sophie Leclerc souffrait d'une nervosité qu'elle ne parvenait pas à domestiquer. Le responsable de cette excitation collective était Roger Dallant, qui avait annoncé par téléphone des conclusions imminentes et significatives suite à l'analyse du sang maculant le pantalon trouvé dans la poubelle d'Émilie Forban. Aussitôt prévenue, Sophie avait quitté la COGÉNAP pour se rendre immédiatement rue de Lutèce, négligeant pour cette fois la prudence à laquelle elle s'était jusqu'ici astreinte.

Tous les trois attendaient Dallant, qui ne tarderait plus.

Il arriva cinq minutes plus tard, arborant un

sourire à peine décelable qui, en ce qui le concernait, constituait la manifestation la plus tangible qui soit d'une intense satisfaction.

— J'ai quelques petites choses très intéressantes à vous révéler, commença-t-il. Je n'en suis pas encore revenu moi-même.

Alex tira une cinquième Gitane blonde de son paquet qu'il renonça à allumer, se contentant d'en tapoter l'extrémité sur le dos de sa main.

Dallant s'installa sur une chaise et prit son souffle.

— Bien. Vous m'arrêtez si je vais trop vite. Le sang appartient à une personne de sexe féminin, plutôt jeune, ce qui confirme le témoignage de la grand-mère du premier étage qui a vu la secrétaire entrer dans l'immeuble en compagnie d'une fille déguenillée qui traînait depuis un moment rue de la Fontaine-au-Roi et qu'elle semblait très bien connaître. Mais l'étude du plasma et du caryotype s'est avérée bien plus bavarde que cela. Primo, j'ai isolé une molécule, fixée par l'hémoglobine. Inconnue dans sa configuration propre, mais dont il apparaît sans aucune équivoque qu'elle provient de l'inhalation d'un stupéfiant : très probablement un dérivé du cannabis ou du pavot, à mon avis une sorte de croisement des principes actifs de ces deux plantes, obtenu en laboratoire.

— Par mutation transgénique ? proposa

Gribovitch, dont la cigarette malmenée se brisa entre ses doigts.

— C'est ce à quoi j'ai immédiatement pensé, vu le contexte de cette affaire. Impossible de l'affirmer à cent pour cent, mais c'est presque certain. La molécule présente en outre des caractères qui induisent l'idée d'une troisième source, celle-là totalement artificielle et non répertoriée à ce jour. Quand on songe à l'odeur signalée par la gendarmerie locale dans la voiture d'Oroya, à celle mentionnée par Bousquet concernant son agresseur, et à celle que tu as toi-même notée chez la petite Forban, on ne peut que faire le rapprochement.

— Trois filles, jeunes, shootées par une substance dont on ignore tout, et qui n'est sans doute pas étrangère à la force physique anormale mentionnée par Julien, marmonna Alex comme pour lui-même.

— Ça, rien ne le prouve pour l'instant, mais je n'ai pas non plus d'argument pour te contredire sur ce point. J'en viens maintenant à ma seconde découverte, qui connote immédiatement avec la constante que tu viens d'évoquer : qu'il s'agisse de l'enlèvement d'Oroya, du meurtre de Bousquet ou de la disparition de la secrétaire, une mystérieuse fille est à chaque fois mise en cause, vraisemblablement pas la même.

— Sûrement pas la même, rectifia Sophie. Celle

qui est supposée avoir dragué Oroya ne pouvait en tout cas se trouver en même temps au bord de l'autoroute Lyon-Grenoble et à Paris, où elle ne pouvait quitter la COGÉNAP avant dix-sept heures. On a vérifié : aucun absentéisme ce jour-là. D'autre part celle que nous appelons la taupe et la fille qui est montée avec Émilie – dont je vous signale au passage qu'elle est certainement lesbienne, du moins d'après ce qu'en pense Poiroux – ne peuvent pas non plus être la même personne, vu que la secrétaire a forcément déjà eu l'occasion de voir la taupe à de nombreuses reprises. Il reste la possibilité que la soi-disant zonarde aux fringues douteuses soit également celle qui a mis le grappin sur Pedro, mais je ne le crois pas. La bande est visiblement très organisée : une fille par cible, une cible par fille, c'est comme ça que je vois les choses.

— Et ça colle bien avec le second point de mon exposé, je confirme, assura Dallant. Il nous faut à présent remonter à trois ans en arrière et passer la frontière suisse. Souvenez-vous. Une affaire abracadabrante qui a défrayé la chronique d'alors, et qui n'a jamais été éclaircie. Une institution de droit privé, ADN – pour Association du Droit à la Naturothérapie, mais on voit bien l'allusion suggérée par ce sigle ambivalent –, prétend à la fois s'occuper de soigner une affection génétique rare et mortelle à très court terme, connue sous le nom de syndrome de Scoffield, et de l'éducation des patients concernés qui nécessitent un suivi médical draconien et quotidien. Clinique et collège réunis dans la même structure, donc. Cela se passe près de Genève, en pleine campagne. Cette institution prend totalement en charge les malades, uniquement des filles – l'affection ne touche que des adolescentes, dans les trois années qui suivent la puberté –. Aucune contribution financière n'est demandée aux familles, ni au système de santé helvétique, pas même aux fonds spéciaux de l'OMS. Trente-deux jeunes filles y sont hébergées, traitées et instruites en dehors de tout contrôle extérieur, au grand dam de la communauté scientifique mondiale qui s'en émeut à diverses reprises. Elles ont toutes entre quatorze et dix-sept ans.

— Oui, je me rappelle encore le pataquès que ça a fait dans la presse, intervint Griffon.

— Je récapitule brièvement les faits, continua Dallant. Mai 94. Tout disparaît : les installations internes de la clinique, les médecins, les profs, l'ensemble du personnel de service et... dix-huit filles sur les trente-deux précitées. Enquête faite, on constate qu'il s'agit des plus jolies. Les quatorze rescapées, par chance moins gâtées par la nature que leurs compagnes, après s'être réveillées d'une longue anesthésie, quittent l'institution désertée et donnent l'alerte.

— Je me souviens aussi de cette affaire, dit Gribovitch, mais quel rapport avec la nôtre ?

— Hormis le fait que dans les deux cas nous baignons en pleine pataugeoire génético-je-me-brûle-les-doigts, il se trouve que j'ai identifié dans le sang de notre mystérieuse visiteuse de la rue de la Fontaine-au-Roi un marqueur biologique très particulier.

— Celui du syndrome de Scoffield ? proposa Griffon, l'œil soudain illuminé.

— Exactement. Et il y a plus étonnant. Le marqueur est bien là, sans aucun risque d'erreur – l'analyse des chromosomes a confirmé mon diagnostic –, mais en revanche les indicateurs secondaires de l'affection brillent par contre par leur absence. Cette fille est un porteur sain, exactement comme un séropositif qui n'a pas encore développé le sida. Ou alors elle a été guérie. Les deux hypothèses sont en totale contradiction avec ce qu'on sait jusqu'ici de cette maladie.

— Tu n'as pas trouvé trace d'un traitement éventuel ? interrogea Alex.

— Si. J'ai de fortes raisons de penser que la molécule dont je vous parlais tout à l'heure est à l'origine de cette rémission miraculeuse.

— Je te suis très bien, à présent. Entre quatorze et dix-sept ans en 94. Ça leur ferait aujourd'hui de dix-sept à vingt ans, et trois années intermédiaires pendant lesquelles on peut très bien imaginer que de jeunes personnes, malléables et infiniment reconnaissantes d'être encore de ce monde, se soient peu à peu transformées en troupes de choc et de charme surentraînées, dopées par une came aux propriétés multiples dont dépend leur survie, et dévouées corps et âmes à leurs sauveurs et néanmoins manipulateurs.

— À prendre en considération, en tout cas.

— Mais on n'a aucune idée de l'endroit où chercher cette bande d'illuminés. Ils peuvent être n'importe où.

— Ce n'est pas certain, objecta Griffon. Fin 1995, la police suisse est arrivée à la conclusion que les capitaux d'ADN avaient tous transité à un moment ou un autre par une banque centrafricaine. L'enquête diligentée en coopération avec Interpol et les services français à Bangui a cependant tourné court. Trop d'intérêts locaux en jeu. Il se trouve que l'un des financiers supposés de l'institution, un aventurier d'origine belge du nom de Vandervelde, d'après mes souvenirs, en son temps très proche de Bokassa, soutient encore aujourd'hui des pans entiers de l'économie du pays. Terrain protégé.

— L'Afrique et ses problèmes de sous-alimentation, murmura Gribovitch, raison d'être du projet B126Y...

Un silence chargé d'électricité tomba s'installa, bientôt rompu par Sophie Leclerc.

— Si tout cela tient la route, fit-elle, nous avons les moyens de coincer la taupe.

— J'attendais que quelqu'un le dise, ironisa Dallant.

Sophie se tourna vers son équipier.

— Tu as toujours les treize fiches que je t'ai fait passer ?

— Elles sont à la COGÉNAP, mais j'en ai un double ici. Je vais les chercher.

Il sortit et revint aussitôt, un dossier orange en main.

— Voilà.

Sur les treize employées retenues par Sophie en raison de la date de leur prise de fonctions, douze ne collaient pas avec l'âge des anciennes pensionnaires d'ADN.

La treizième s'appelait Tatiana Rebrov.

Issue d'une famille de Russes blancs émigrés en France, née à Paris le 12 février 1977. Célibataire, habite rue de Montmorency dans le IIIe arrondissement. Intègre les effectifs de la COGÉNAP en mai 1996, à dix-neuf ans, en qualité d'assistante de rédaction au bureau des... attachés de presse. Un premier emploi. Essai préalable d'un mois passé avec succès. Formation professionnelle dans une boîte privée en… Suisse.

Griffon décrocha fébrilement son téléphone et composa le numéro de la préfecture.

— Quand je pense que Julien l'a eue sous le nez tous les jours de la semaine pendant des mois, marmonna Gribovitch.

Griffon reposa le combiné.

— Tatiana Rebrov n'a jamais existé, assena-t-il. Fausse adresse et papiers bidon sur toute la ligne.

— J'aurai deux mots à glisser à Poiroux sur les méthodes de recrutement de mon supposé supérieur hiérarchique, fit Sophie. Je parie que la fille s'est envoyé Robien pour obtenir le poste sans la moindre vérification d'usage. Il faut que j'appelle tout de suite Poiroux. Il est déjà tard. Il trouvera bien un prétexte pour nous la garder sous le coude le temps qu'on fasse le trajet. Roger, tu nous accompagnes. Juste une petite prise de sang à faire…

*
* *

— Nom de Dieu, qu'est-ce qui se passe ? gueula Gribovitch qui venait juste de trouver une place de stationnement avenue d'Italie, à deux pas de l'immeuble.

Sophie mit sa main en visière pour se protéger du soleil qui éclaboussait le pare-brise. Une voiture démarrait en trombe devant eux.

— C'est Poiroux qui est au volant, fit-elle. Merde, y a une femme à côté de lui. Elle le tient en joue avec un flingue. Quel con ! Déjà au téléphone il paniquait. Sûr qu'il s'est emmêlé les pédales en essayant de la retenir et qu'elle a flairé l'embrouille. Suis-les.

— Vous n'appelez pas de renfort ? suggéra Dallant depuis la banquette arrière. Un barrage et elle est à vous.

— Ces filles sont des bêtes de guerre, objecta Alex. Vu la manière dont celle-ci a effacé Julien Bousquet, inutile de la pousser dans ses retranchements, elle tuerait Poiroux sans la moindre hésitation. Pour le moment, je suis d'accord avec Sophie. On les suit en essayant de ne pas se faire repérer et on avise sur le tas.

Il déboîta et accéléra doucement.

La 405 du directeur scientifique descendit l'avenue d'Italie tranquillement, passa la porte du même nom et s'engagea direction ouest sur le périphérique. Heureusement, la circulation était fluide. Filature facile. Puis elle sortit sur Montrouge et enfila l'avenue Jean-Jaurès, vers Malakoff.

— Rien de sûr encore, commenta Sophie, mais on dirait bien qu'ils prennent la route de…

—... des labos de la COGÉNAP, compléta Gribovitch. On le saura avant peu.

Effectivement, la voiture roula pendant presque trois quarts d'heure. Les cités HLM de la petite couronne cédaient peu à peu le pas aux zones d'activités de la grande banlieue sud. Dallant fut le premier à repérer le logo bleu et rouge de la société, qui chapeautait un assemblage de cubes de béton en X sur trois niveaux, fleuron de l'architecture post-industrielle où le mauvais goût le disputait à la mégalomanie.

La 405 se garait à présent devant l'entrée. La fille en sortit la première, revolver dans la main droite, tirant de l'autre un Poiroux visiblement consterné de ce qui lui arrivait.

— Elle ne fait pas dans le délicat, constata Sophie. Je me demande ce qu'elle mijote. Merde, ça défouraille, là-bas !

Deux coups de feu venaient de claquer, presque simultanés. Gribovitch sortit en trombe de la R21 et se lança au pas de course, suivi de son équipière et de Dallant qui ahanait à la traîne.

Gisant au beau milieu du hall dans une mare de sang, deux vigiles avaient cessé de vivre, un énorme trou dans la poitrine.

— Par où sont-ils partis ? hurla Gribovitch à la ronde. Vite !

— Par là, fit un troisième vigile qui avait eu la

riche idée de ne pas s'interposer. L'escalier qui mène à la salle des cuves. Nom de Dieu ! Nom de Dieu de nom de Dieu !

Renonçant à demander de quel genre de cuves il s'agissait, Alex et Sophie enfilèrent les marches quatre à quatre. Dallant avait de plus en plus de mal à suivre. Ils poussèrent une porte à deux battants et se plaquèrent au sol d'une sorte de hangar à l'atmosphère quasi irrespirable.

Ils se relevèrent doucement sur un genou, l'arme au poing.

Trois bassins dans le sol, chacun entouré d'une margelle surmontée d'un grillage. (Les cuves, songea Gribovitch.) La fille avait lâché Poiroux, qu'elle tenait toujours en joue.

— Rendez-vous ! hurla Sophie pour la forme. Relâchez votre otage et rendez-vous !

Un éclat de rire inhumain résonna interminablement, répercuté par l'écho. De sa main libre, la taupe arracha un pan du grillage comme s'il s'agissait d'une simple moustiquaire, puis sauta sur la margelle d'un bond de félin. Elle sembla hésiter un instant avant de pointer avec plus de détermination son revolver vers Poiroux qui pleurait comme un enfant, les bras ballants entre ses cuisses.

La rage au cœur, Alex brandissait son arme, en un geste inutile compte tenu de la distance.

La détonation retentit, elle aussi décuplée par la réverbération de l'immense salle. La tête de Roland Poiroux explosa, pulvérisée par le gros calibre. Son grand corps d'adolescent s'affaissa doucement sur le sol.

Puis la fille se raidit, toute droite, et se laissa tomber dans le bassin.

Incrédules, Gribovitch et Sophie Leclerc fixaient ce bouillonnement qui n'en finissait pas, les mains à plat sur la margelle.

— Acide sulfurique, commenta Roger Dallant qui se tenait à présent derrière eux, il n'en restera rien. Il faut sortir d'ici maintenant. Pas très bon pour les poumons de respirer ça trop longtemps.

— Mais à quoi ça sert d'avoir de telles quantités de ce truc-là ? bredouilla Sophie. C'est pas croyable.

— Nous sommes dans un laboratoire, ma chère, continua Dallant, pas dans une école maternelle.

— Elle l'a flingué froidement, comme ça, dit Alex, simplement pour le…

—… pour le plaisir, acheva Sophie. Uniquement pour le plaisir, j'en suis à peu près certaine.

Dallant les tirait par la manche, insistant sur la nécessité de ne pas s'éterniser.

— En tout cas celle-ci n'a pas commis l'erreur de la précédente en oubliant un peu de son sang dans une poubelle de cuisine, conclut-il. Le suicide en cas de gros pépin fait sans doute partie de leur endoctrinement, et la solution qu'elle a choisie était évidemment dictée par le besoin de soustraire son cadavre à toute possibilité d'autopsie.

— Oui, souffla Gribovitch. Avec de telles furies dans les pattes, on n'est pas sortis de l'auberge…

CHAPITRE IX

Émilie Forban se redressa péniblement sur ses jambes, le corps perclus de douleurs multiples, et tenta de se maintenir debout malgré les cahots et les embardées du camion, en s'accrochant des deux mains aux parois de la remorque. Le jour s'était levé, colorant la savane de fluorescences rougeâtres qui n'égalaient cependant pas en intensité les fantastiques nuances pourpres du crépuscule qui avait accompagné la veille son saut en parachute.

Insensiblement, le paysage alentour changeait, se chargeait d'une végétation plus riche, plus fournie. Puis, au détour d'un léger promontoire rocheux, elle vit la forêt qui barrait l'horizon, et dans laquelle le véhicule s'enfonça bientôt en suivant une piste de moins en moins marquée. L'impression de chaleur s'accentua d'un coup, malgré les frondaisons qui freinaient l'ardeur déjà éprouvante du soleil naissant, de plus en plus compactes. Influence trompeuse d'un taux d'humidité qui venait soudain de croître dans des proportions considérables. La moiteur de sa peau nue, sur laquelle de fines rigoles de sueur se frayaient à présent un passage dans la pellicule de poussière qui l'enveloppait tout entière, lui faisait ressentir une pénible sensation de saleté. Elle se reprocha d'y prêter attention, vu le peu d'importance de cette question en regard des autres composantes de la situation dans laquelle elle se trouvait embringuée.

Elle tourna la tête. Elsa somnolait, les yeux clos, calée sur deux ballots dont elle s'était fait une couchette improvisée.

Sauter. Fuir à toutes jambes.

Pour aller où, perdue dans une nature hostile, sans le moindre repère ?

De toute façon on ne tarderait pas à se rendre compte de sa disparition et on la rattraperait vite. Qu'en serait-il alors des mesures de rétorsion qu'on lui ferait inévitablement subir ?

Elle chassa cette idée saugrenue de son esprit engourdi et se laissa de nouveau glisser sur le plancher de tôle qui vibrait sous elle.

Attendre et voir, l'angoisse au ventre.

Le plancher ne vibrait plus ; le moteur s'était tu.

Émilie émergea doucement de l'état de semi-conscience où elle s'était réfugiée et se redressa.

D'un côté, une immense clairière, spectacle de désolation, probablement volée à la forêt à grand renfort d'explosifs, si l'on en jugeait par les innombrables souches déchiquetées, éclatées, qui parsemaient encore le terrain. Pour l'instant immobiles et silencieux, quatre bulldozers jaunes attendaient leur heure pour nettoyer et aplanir ce fatras de mort et de destruction.

À l'opposé, un énorme trou à la base d'une colline dont les hauteurs disparaissaient sous une végétation luxuriante d'arbres et de lianes entre-mêlés. L'excavation avait été étayée par un assem-blage déjà ancien de troncs et de blocs de béton, où la vie avait repris une partie de ses droits sous la forme de mousses et de plantes, qu'on déga-geait sans doute périodiquement. Une entrée de mine, songea Émilie, ou quelque chose du même genre.

Sur la droite, au sein d'une clairière plus petite et beaucoup moins récente, un village. Agen-cement sans ordre apparent de huttes aux dimen-sions diverses, constituées de branchages et couvertes de feuillages entrelacés. Parmi tout cela, des groupes d'enfants noirs et nus couraient en tous sens en riant. Quelques-uns d'entre eux s'approchèrent du camion autour duquel ils for-mèrent une ronde bruyante. Émilie distingua aussi des adultes, plus dispersés, hommes et femmes

que l'arrivée du véhicule semblait laisser totalement indifférents. La plupart étaient nus également, sinon partiellement vêtus de pagnes ou de
T-shirts usés qui couvraient leur torse et pen-
douillaient parfois jusqu'au bassin. Ils étaient de
taille très modeste, trapus, les jambes courtes et
légèrement arquées. Émilie pensa immédiatement
à des Pygmées.

À l'écart du village, à flanc d'une autre colline
nettement moins imposante que la première, une
maison de bois, spacieuse et fleurant les vieilles
nostalgies coloniales. Garés à proximité : deux
4x4 rutilants, en contrebas d'un terre-plein apparemment naturel et lui aussi dégagé des arbres
qui avaient dû autrefois le peupler, au centre
duquel trônait un petit hélicoptère. La jeune
femme se demanda un instant pourquoi on
n'était pas venu les chercher, elle et Elsa, avec
l'un ou l'autre de ces engins. Puis elle se dit que
d'une part les ballots n'y auraient pas tenu, et
que d'autre part il n'entrait certainement pas
dans les préoccupations de ses ravisseurs d'avoir
voulu lui épargner les désagréments d'un périple
en camion. Une captive recrue de fatigue est toujours plus impressionnable qu'un hôte en pleine
forme physique.

— Allez, descends.

Elsa se tenait debout derrière elle, maculée de

poussière délayée par sa sueur. En dehors de cela, elle paraissait aussi fraîche qu'au saut du lit.

— Descends, je te dis. Le voyage est terminé.

Émilie sauta à terre, suivie de son ancienne amie. Deux types étaient déjà sortis de la cabine du véhicule : un grand noir, presque un géant, et un blanc au visage grêlé arborant une queue de cheval d'un blond fade. Tous deux étaient vêtus d'une sorte d'uniforme kaki, le même que celui de l'homme qui avait procédé au largage des ballots.

Elsa poussa sa prisonnière d'un coup de coude dans le dos, en direction de la maison.

*
* *

Il s'agissait en fait d'un véritable complexe, dont les ailes secondaires épousaient les contours de la colline, invisibles tout à l'heure parce que cachées par le corps de bâtiment principal. Apparemment, une sorte de frontière immatérielle s'opposait à l'intrusion des gamins gesticulants et bavards, qui cessèrent brusquement de les accompagner et s'agglutinèrent en deçà d'une ligne qu'aucun repère n'indiquait mais qu'ils n'avaient visiblement pas le droit de franchir. Quelques portes laissées ouvertes révélèrent à Émilie la nature des locaux en enfilade : des quartiers privés, simples chambres ou appartements de deux ou trois pièces, pour l'heure vides de tout occupant.

— À gauche, ordonna Elsa.

Émilie obtempéra et s'engagea entre deux cloisons de rondins.

— Entre, c'est ouvert.

Elle actionna une poignée de cuivre et se retrouva dans une salle aux dimensions généreuses. Elsa la poussa encore du coude et y pénétra à sa suite.

— Voilà ta nouvelle villégiature. Plus pittoresque que ton studio minable du XIe, non ?

À l'évocation de son nid parisien, inaccessible refuge d'une autre vie, la jeune femme réprima une montée de larmes et fit trois pas timides en avant.

Pas de climatisation dans la pièce, mais un gigantesque ventilateur de plafond qui brassait un air chaud et saturé d'humidité.

Aucun meuble, hormis quelques tables basses çà et là sur lesquelles trônaient des corbeilles débordant de fruits divers autant qu'exotiques.

Des coussins partout cependant, larges, rebondis, où une quinzaine de filles se prélassaient paresseusement. Blanches pour la plupart, mais aussi deux métisses à la peau brune et une Asiatique. Certaines dormaient encore. Toutes étaient entièrement nues, et particulièrement jolies.

Émilie identifia tout de suite l'odeur qui planait, entêtante, âcre et sucrée à la fois.

Surprise, elle entendit une voix masculine qui s'exprimait sous la forme d'un râle tout d'abord presque inaudible mais qui monta soudain en intensité. L'une des filles se leva de sa couche, sourire aux lèvres, pour se diriger vers les nouvelles venues, et dévoila par son mouvement la source de ce gémissement mâle : un géant noir du même acabit que celui qu'elle avait vu sortir du camion, étalé parmi les coussins, recevait conjointement les hommages de deux des filles ; l'une suçait consciencieusement l'extrémité de son énorme membre déployé, tandis que l'autre lui présentait alternativement ses seins à lécher. La première abandonna sa fellation pour engouffrer dans sa bouche les testicules de l'homme qu'elle masturbait à présent frénétiquement des deux mains superposées. Le sperme jaillit à la verticale et retomba en pluie sur le torse de la seconde, qui avait modifié sa position à cet effet. Immédiatement, une troisième fille se jeta sur elle et se mit à lui laper la poitrine jusqu'à la nettoyer complètement. Tout cela dans une succession de fous rires inextinguibles.

— Contente de te revoir. Tout s'est bien passé ?

Celle qui s'était avancée à leur rencontre déposa un baiser rapide sur les lèvres d'Elsa, qui lui posa en retour la main sur l'épaule.

— À merveille. Émilie, je te présente Sylvie. Elle a eu récemment l'occasion de côtoyer de très près ton cher patron.

Émilie étudia la jeune femme. À peine vingt ans, un visage qui lui rappelait celui d'une actrice connue... Oui, elle ressemblait à Emmanuelle Béart. De longs cheveux noirs et soyeux lui nappaient les épaules. Un corps superbe, élancé et musclé, plus épanoui que celui d'Elsa. Un sexe épilé, offert... troublant. Aussi troublant que les pointes très foncées de ses seins arrogants, comme gonflées d'une perpétuelle érection. Elle devina sans peine qu'il s'agissait de l'autostoppeuse qui avait piégé Pedro Oroya.

— Il est... là ? questionna-t-elle d'une voix hésitante.

— Oui, répondit sèchement Elsa. Tu le verras sans doute. Plus tard. Ça ne dépend pas de moi, et si j'étais toi... enfin... Pour l'instant, tu vas me bouffer deux ou trois de ces fruits, histoire d'éviter la déshydratation et de te caler l'estomac. On passera ensuite à la douche. Tu aimes bien te doucher avec moi, n'est-ce pas ? Rappelle-toi...

La salle de bains était attenante à la grande pièce commune. Un bassin ovale en occupait la majeure partie. En son centre, sur une sorte de colonne de pierre aux formes évasées, une pomme de douche, du savon liquide, plusieurs flacons de shampooing et divers ustensiles de toilette.

Émilie entra sans se faire prier dans l'eau qui lui arrivait au-dessus du genou. Elle se sentait sale, jusqu'aux tréfonds de son être, et il lui semblait qu'une propreté nouvelle lui redonnerait un peu de sa dignité. Elsa pataugea à ses côtés en riant, prit la pomme de douche et tourna l'unique robinet.

Le jet fusa, puissant et tiède. L'eau n'était sans doute pas chauffée, mais étant donné le climat, c'était loin d'être nécessaire. Émilie offrit son corps sans aucune pudeur, saisit la bouteille de shampooing que lui tendait Elsa et s'en aspergea les cheveux et les épaules. Tandis que sa geôlière s'activait de même sur sa propre anatomie, elle frotta jusqu'à en avoir mal chaque centimètre carré de sa peau souillée et se laissa ensuite couler au fond du bassin. Elle ne tenait pas à ce qu'Elsa entame sur elle une opération de rinçage qui pourrait dégénérer. Une haine féroce de son ancienne amie s'était désormais ancrée en elle, et il n'était plus question de céder au moindre jeu érotique en sa compagnie. Mais était-elle vraiment en position d'imposer sa volonté, sur ce sujet-là comme dans n'importe quel autre domaine ?

Comme pour conforter ses craintes, elle vit en

émergeant de l'eau que la dénommée Sylvie les avait rejointes dans le bassin. Elle passa cependant à côté d'elle sans la regarder et se dirigea vers Elsa, qui l'accueillit dans ses bras. Elles s'embrassèrent longuement, à pleine bouche, caressèrent mutuellement leurs corps offerts. Elsa s'agenouilla dans l'eau et se mit à lécher le sexe épilé, qu'elle ouvrit ensuite de ses deux pouces pour y enfourner sa langue. Le corps de Sylvie se cabra, tandis qu'elle écartait ses cuisses au maximum.

Puis Elsa se releva. Elles se regardèrent dans les yeux et échangèrent un sourire avant de se prendre par la main et de s'approcher d'Émilie, le regard embrumé de désir.

— Je suis sûre que tu n'as jamais goûté un bonbon d'aussi belle qualité, murmura Elsa à son intention. Regarde comme c'est joli. Pas de poils. Juste la peau, douce et veloutée, comme celle d'un bébé. Goûte, je te le permets.

Émilie ne bougea pas.

— Goûte, je t'ai dit. C'est un ordre. Tu verras, jamais tu n'as eu quelque chose d'aussi savoureux dans la bouche.

Ce disant, elle se posta derrière Sylvie, s'agenouilla de nouveau et lui passa la main entre les jambes, écartant les lèvres du sexe glabre et dévoilant le clitoris gonflé.

122

— Lèche, ma petite gouine. Lèche comme tu sais si bien le faire. Sylvie est comme ma sœur, je veux que tu lui donnes tout ce que tu as su me donner à moi-même.

Émilie s'agenouilla à son tour, le cerveau chaviré entre la volonté de lutter, de ne pas sombrer dans l'esclavage le plus ignoble, et le désir d'explorer ce sexe nu qui la troublait tant depuis que son regard s'était posé sur lui. Le désir l'emporta, renforcé par l'idée qu'il ne sert à rien de combattre quand on est sûr de perdre.

Elle posa doucement ses mains sur la peau délicate des cuisses ouvertes, tandis qu'Elsa se redressait et enserrait de ses paumes les seins de Sylvie, lui pétrissant les mamelons d'une longue caresse fébrile et collant son propre corps contre son dos.

Émilie souleva délicatement le clitoris à l'aide de sa lèvre inférieure et le recouvrit de sa langue à laquelle elle imprima un mouvement rotatif répété. Sous la double excitation de ses seins et de son sexe, Sylvie se raidissait puis s'abandonnait alternativement, tandis que le rythme de sa respiration s'accélérait progressivement.

— Attendez, fit soudain Elsa. Il me semble que la petite gouine manque encore de conviction. Il lui faudrait un... stimulant, quelque chose qui lui ferait oublier tout ce qu'elle a dans la tête, qui la libère complètement.

Sylvie semblait comprendre la signification de ces paroles sibyllines, car elle partit d'un fou rire qui lui secoua le bas-ventre. Ne sachant à quoi s'en tenir, Émilie arrêta sa caresse buccale et s'affaissa, les fesses sur les talons. Elle vit Elsa qui sortait du bassin et regagnait la salle commune, dont elle revint quelques secondes plus tard.

Un voile noir tomba sur les yeux de la prisonnière. Elle s'était imaginé voir sa geôlière réapparaître munie de l'un de ses inévitables joints aux effets surpuissants, mais ce qu'Elsa brandissait entre ses doigts n'avait rien à voir avec un deux-feuilles. Ce qu'elle tenait à pleine main, palpitant, orgueilleux, énorme, c'était le sexe d'un homme. Plus précisément celui du géant noir qu'Émilie avait aperçu tout à l'heure, et qui, sans rechigner le moins du monde, suivait docilement la jeune femme qu'il dépassait d'une bonne quarantaine de centimètres, sourire épanoui sur son visage débonnaire.

— À ça non plus tu n'as jamais goûté ! jubilait Elsa. Crois-moi : avec un tel pilon dans le cul, ça m'étonnerait que tu puisses continuer à minauder. Vas-y, Omar, elle est à toi.

Elle lâcha le membre monstrueux et empoigna Émilie par les épaules, fermement campée sur ses jambes.

— Défonce-la, Omar. Elle a besoin de s'oublier un peu, la petite gouine.

Émilie voulut hurler quand elle sentit la chaleur de l'ogive tressautante à l'entrée de ses fesses, mais son cri mourut avant d'avoir franchi la barrière de ses dents. À dix-sept ans, elle avait à plusieurs reprises fait l'amour avec des garçons. Pour voir. Pour comparer. La plupart du temps elle avait joui, mais jamais ça n'avait atteint la force d'un orgasme procuré par les caresses d'une fille. Elle avait ensuite renoncé, définitivement convaincue qu'on ne doit pas s'escrimer à lutter contre sa nature. Mais aucun homme ne l'avait encore investie… par là. Et encore moins avec un outil de ce format.

Elle sentit que le géant lui empoignait les fesses, les ouvrait au maximum. L'extrémité du membre s'agitait sur le fragile obstacle de ses sphincters, le força peu à peu, avec une douceur dont elle n'aurait pas cru un tel mastodonte capable. Cela entra en elle par petites saccades tout d'abord, puis par à-coups plus amples, plus francs. Cela l'emplissait, l'écartelait, mais ne lui causait pas de douleur. Quand l'homme se mit à la marteler d'un va-et-vient continu, ses doigts vissés dans la peau de ses hanches, les yeux d'Émilie se révulsèrent et elle ouvrit grand la bouche comme pour happer un air fugace qui se refusait à ses poumons.

Mais en guise d'oxygène, ce fut un sexe humide et glabre, à la saveur sans pareille, qui vint se plaquer contre ses lèvres en un fulgurant et indicible baiser de chairs en fusion...

CHAPITRE X

Gribovitch se retourna en se demandant s'il ne se trouvait pas dans le sillage d'un réacteur. Erreur de diagnostic : l'Airbus d'Air France présentait son profil et entamait déjà une manœuvre d'éloignement. L'ignoble sensation de déambuler au sein d'une colonne d'air chauffé à blanc n'était due qu'au climat local.

— C'est intenable ! souffla Sophie Leclerc. Je suis tellement trempée que j'ai l'impression de nager la brasse dans une Cocotte-minute.

— Paraît qu'on s'habitue vite, fit Alex sans trop y croire.

Ils accélérèrent le pas à la suite des autres passagers, peu désireux de s'éterniser sur un tarmac dont montait par bouffées un désagréable mélange d'odeurs de goudron et de kérosène brûlé.

L'intérieur de l'aéroport international ne se révéla pas moins nauséabond, ajoutant au parfum ambiant une touche très sensible de sueur humaine.

Les deux policiers prirent momentanément place dans la file d'attente, et aperçurent bientôt, de l'autre côté des guichets, un Blanc en chemise et cravate qui discutaillait ferme avec les douaniers. Palabres apparemment couronnés de succès, car l'un d'eux, après les avoir identifiés d'un regard inquisiteur, leur fit signe d'emprunter un couloir parallèle à l'issue duquel les formalités se virent réduites à peau de chagrin.

— Bienvenue en Centrafrique, les accueillit le cravaté en leur offrant sa main. Paul Calderoni, premier secrétaire à l'ambassade de France. On m'a mis à votre disposition pour toute information ou démarche nécessaire.

L'autorisation d'envoyer Alex et Sophie à Bangui n'avait pas été extorquée sans combat. Les représentations diplomatique et militaire françaises y marchaient sur des œufs, depuis le coup d'éclat des parachutistes qui avaient vengé leurs morts en tuant dix mutins suite à la rebellion d'une partie des forces armées locales, l'hiver précédent. Quand Picard-Lesecq avait prononcé le nom de l'homme sur lequel les Affaires Spéciales souhaitaient mener une enquête de terrain, le quai d'Orsay avait d'abord poussé des cris d'orfraie. Puis l'idée avait suivi son cours ; on avait en haut lieu pris les contacts avec

128

l'ambassadeur centrafricain à Paris, lequel en avait référé à son autorité de tutelle.

Le problème majeur résidait dans le fait qu'on ne pouvait révéler les véritables motifs de la requête, et qu'on avait dû se rabattre sur l'affaire ADN en son temps enterrée pour cause d'intouchabilité de l'aventurier belge. Or il se trouvait que Vandervelde, pour des raisons de politique intérieure, n'était plus en odeur de sainteté dans son pays d'élection. Décidément trop marqué du sceau de la période Bokassa, en outre de plus en plus incontrôlable, il gênait. On allait même jusqu'à émettre des hypothèses sur un éventuel appui logistique qu'il aurait fourni aux rebelles.

Le calcul des Centrafricains était simple et machiavélique : si la police française s'avérait capable de mouiller l'homme et d'en apporter la preuve formelle, même pour une affaire vieille de plusieurs années et dont personne ne se souciait sur un continent noir qui avait d'autres chacals à fouetter, on l'extraderait sur simple demande de la Suisse, laquelle devrait s'arranger avec la France, et on en profiterait pour réquisitionner ce qu'on pourrait de ses avoirs locaux. Rien de moins, rien de plus.

C'était suffisant.

La Safrane de fonction de Paul Calderoni

s'escrimait à slalomer parmi les ornières qui constellaient la route défoncée entre l'aéroport et le centre ville. Toutes vitres fermées, climatisation à fond.

— Pauvre Afrique, commenta Sophie Leclerc.

— Pauvre monde, rectifia le premier secrétaire. Le jeu successif des mutations m'a fait sillonner la planète depuis de nombreuses années. Amérique latine, Asie, pays de l'ex- bloc de l'Est, États-Unis. C'est un genre de parcours qui vous apprend à relativiser les expériences, je vous l'assure. Qu'on le veuille ou non, notre vieille Europe est un havre dont ses habitants n'ont pas assez conscience. Partout ailleurs c'est la merde – vous me passerez l'expression – : misère, totalitarismes de tout poil, qu'ils soient politiques ou économiques, et les gens continuent pourtant d'y naître, d'y enfanter, d'y enterrer leurs morts, d'y honorer leurs ancêtres. L'ancien monde vit dans une bulle ouatée, et se complaît à l'abri d'œillères dont il ne souhaite surtout pas s'émanciper. Tout paraît si simple : les pays développés d'un côté, le tiers-monde de l'autre. Mais c'est faux, incroyablement faux. Il suffit de séjourner dans les grandes métropoles d'Amérique du Nord et d'y ouvrir les yeux pour constater que le fleuron du libéralisme conquérant et des libertés individuelles sait très bien s'inventer tout seul son

130

propre tiers-monde interne. Quand les Latinos de Los Angeles, les Noirs de Harlem et les oubliés du Bronx décideront vraiment qu'ils en ont assez et lèveront des armées à l'assaut des hypermarchés installés aux portes de leur dénuement, que pourront bien faire tous les Bill Gates, George Soros, Steven Spielberg et autre gouverneur de la Banque Mondiale pour sauvegarder leur univers de verroterie et de faux-semblants ? Rien. Échanger leurs condoléances en pianotant sur Internet, peut-être. Dérisoire. L'Europe est la seule chance qui reste pour le salut commun, et elle ne le sait pas. Ses habitants s'enferment derrière leurs peurs et leur mesquinerie, laissant fleurir des hordes croissantes de SDF sur des trottoirs qui ne manqueront pas de vomir un jour la haine et le désespoir. Trop tard sans doute. Et j'ai pourtant la faiblesse d'espérer qu'elle se réveillera à temps.

Sophie Leclerc songea pour elle-même que le monstrueux projet B126Y de la COGÉNAP n'était pas pour démentir le constat sévère et désabusé de Calderoni. Elle échangea avec Gribovitch un regard qui lui montra qu'ils étaient tous les deux sur la même longueur d'onde.

— Nous allons d'abord passer aux services consulaires où les accréditations dont vous aurez besoin doivent à présent être arrivées, reprit le premier secrétaire, puis je vous accompagnerai à l'hôtel Oubangui où je vous ai fait réserver deux chambres. C'est un excellent établissement, qui se trouve en outre à deux pas de l'ambassade. Une voiture de location vous y attend déjà. Je souhaite aussi vous y inviter à déjeuner, ce qui me laissera l'opportunité de vous renseigner sur différents contacts qui vous seront utiles, notamment dans les rangs de la police locale.

Ils traversaient maintenant les faubourgs de Bangui, enfilades désolantes de baraques en torchis coiffées de tôle ondulée et de petits immeubles à trois ou quatre étages surmontés de tiges de fer rouillées dans l'attente d'une hypothétique finition.

Des gosses déguenillés couraient partout en riant haut et fort. Quelques-uns d'entre eux profitaient d'un ralentissement pour courir après la Safrane, qui quémandant un peu d'argent, qui proposant d'un bras dressé un souvenir authentique de sa confection.

Puis ils parvinrent au centre ville proprement dit, gorgé d'embouteillages fumants et pétaradants. Aux carrefours, des feux tricolores hors d'âge avaient apparemment déclaré forfait depuis longtemps.

*

* *

Judicaël Niokobé était un grand type d'allure affable, à la carrure d'athlète et aux traits presque enfantins. Il occupait les fonctions d'inspecteur principal au sein d'un service d'élite qui dépendait directement de la présidence. Calderoni l'avait défini comme un homme pondéré et cultivé, amoureux de son pays et de son continent, plus à l'aise dans le traitement de dossiers complexes qu'à courser le malfaiteur de base dans les quartiers chauds de la capitale.

Plutôt que de recevoir Alex et Sophie dans son bureau minuscule et encombré de paperasses, il les avait emmenés au bar-terrasse d'un hôtel proche.

— Mon père a commencé sa carrière dans l'administration coloniale, répondit-il à Sophie qui le questionnait poliment sur ses origines. À l'Indépendance, on l'a promené de service en service afin d'utiliser ses compétences, puis il s'est vu remercié à l'instauration de l'Empire, sans raison particulière. Il s'est reconverti dans l'importation de produits manufacturés et jouit à présent du petit pécule que cette activité lui a permis d'amasser. En toute honnêteté, précisa-t-il, comme pour signifier que là n'était pas la règle commune. Quant à moi, je suis parti en France aussitôt après la chute de Bokassa. J'y ai fait des études de droit international, à Grenoble, puis je suis rentré au pays en 1983.

— Pourquoi la police ? se renseigna Gribovitch.

— Le jeu des possibilités, et la volonté de servir mon pays tout en demeurant intègre, selon l'enseignement de mon père. Pas toujours facile selon les conjonctures mais, bon an mal an, on y parvient à peu près. Les juristes, ici, font presque tous de la politique. En Afrique, ça n'est pas forcément la meilleure voie pour vivre en accord avec ses principes. Mais peut-être est-ce vrai également... ailleurs ?

Gribovitch ne répondit pas, se contentant de rendre son sourire à Niokobé. Il énuméra cependant mentalement une litanie d'exemples passés et contemporains qui justifiaient de tout leur poids l'allusion de son collègue local.

— Les pouvoirs africains sont vraiment aussi... corrompus qu'on le dit ? relança Sophie. Cela dit sans vouloir vous offenser, bien sûr.

— Il n'y a aucune offense. La réponse est oui dans nombre de cas, et c'est également vérifié dans toutes les régions du monde qui ont subi la colonisation, en particulier celle de votre pays. L'un de vos compatriotes, interrogé par la presse à propos de l'intervention de l'armée française ici même, l'hiver dernier, a dit en substance que partout où les Anglais ont débarqué, ils ont implanté des banques. Quand il s'agissait des Espagnols, ils construisaient des églises. Les Français, eux, installaient des bureaux et mettaient en place une administration. Quand ils sont partis, ces mêmes administrations ont perduré, toujours soutenues par les anciens colonisateurs qui, pour maintenir leur influence, ont tout fait pour plaquer leurs propres structures d'État sur des territoires que leur histoire, leur culture, n'avaient jamais préparé à un tel type d'organisation centrale. Autrement dit, on dessinait arbitrairement le flacon avant de savoir quel liquide on allait y enfermer. Résultat : ce qui dans le contexte européen constituait un système éprouvé par de longs siècles d'évolution politique et sociale s'est vu en Afrique réduit à l'état de caricature extrême. La plupart des qualités du modèle se sont évaporées, et tous les défauts sont restés, amplifiés au centuple. Corruption et syndrome du petit chef y compris.

Un silence plana brièvement, ramenant au premier plan le bruit de fond de l'avenue sur laquelle donnait la terrasse.

— Vandervelde... marmonna Judicaël Niokobé. Sinistre ordure parmi tant d'autres.

Alex leva un œil surpris.

— Calderoni m'a informé de votre visite imminente et des motifs de votre présence à Bangui. Paul est un ami, même si nos fréquentes discussions sur la situation mondiale tournent invariablement au pugilat. Lui ne jure que par l'Europe, dont il n'hésite pas à faire le Christ des temps futurs pourvu qu'elle se décide à assumer ses responsabilités, alors que – vous l'aurez compris – j'aurais tendance à penser que si les Européens étaient restés chez eux dans les siècles passés, le monde ne s'en porterait que mieux.

— Les deux analyses ne sont pas forcément inconciliables, suggéra Sophie.

— C'est aussi ce que je me dis parfois, mais je n'y crois guère. Pour en revenir à Vandervelde, j'ai également reçu un ordre de ma hiérarchie, m'invitant formellement à vous appuyer dans votre enquête.

— Votre point de vue sur ce type ? interrogea Gribovitch.

— Un aventurier de la pire espèce. Il fait partie de ceux qui ont bâti leur fortune dans les transports, sous Bokassa, et notamment pendant les années de l'Empire, de 1976 à 1979. Le Centrafrique était, et reste encore, un pays enclavé, disposant d'un réseau routier anémique et en très mauvais état. Depuis que le fleuve Oubangui est impraticable trois mois par an à cause de la sécheresse, l'approvisionnement en biens d'importation est totalement tributaire des réseaux limitrophes. Toute une classe de transporteurs étrangers – blancs pour certains, mais surtout nigérians, tchadiens, camerounais et soudanais – ont vu l'aubaine et su imposer leurs conditions, en complicité notoire avec Bokassa qui encaissait de substantielles commissions contre la protection de Sa Très Haute Majesté. Vandervelde en était. Il ne s'est pas arrêté là. Peu à peu, il s'est intégré au cercle des proches de l'empereur, et a tissé une véritable toile d'araignée de commerces de gros et de détail, infiltrant les conseils d'administration des banques, soudoyant un grand nombre de fonctionnaires décideurs. Sa dernière perle : une mine de diamants en pleine forêt méridionale, près de Berbérati, dont il tire plus de vingt mille carats par an, soit le vingtième de la production nationale. En toute illégalité, bien sûr. Il y exploite une tribu entière de Pygmées sédentarisés et recyclés en mineurs, qu'il tient en main à grand renfort d'alcool et de drogue. Son âge d'or est pourtant derrière lui. Depuis 91, nos gouvernement successifs voudraient bien se débarrasser d'un tel parasite, mais rien n'était possible du fait de sa position prépondérante dans l'économie du pays. Jusqu'à l'année dernière où, malgré les conséquences, on a décidé d'œuvrer dans l'ombre pour saper progressivement ses arrières. D'où l'ordre que j'ai reçu de vous épauler. Il semblerait que Vandervelde, conscient depuis le début, grâce à ses informateurs, de cette volonté d'abord souterraine puis délibérée de le discréditer, en soit très aigri et tente depuis quelque temps de déplacer ses billes vers d'autres secteurs. Personne ne sait encore de quoi il retourne exactement.

Alex et Sophie échangèrent encore une fois un regard entendu. Leurs pensées cheminaient de concert. Un aventurier sans le moindre scrupule, disposant de moyens financiers considérables, qui se sent peu à peu menacé et rejeté par un pays dont il a fait depuis de nombreuses années son terrain de jeu. Rancœur, désir forcené de vengeance. Assouvis pourquoi pas en détournant à son profit le programme carporavert, quels qu'en soient les effets à moyen terme sur une humanité dont il se soucie comme d'une guigne. Un dernier coup d'éclat qui lui rapportera beaucoup plus qu'il n'a jamais amassé jusqu'ici. Se présenter, légume miracle en main, comme sauveur de l'Afrique mal nourrie, soutenu par la caution de chercheurs à sa botte, achetés à pleins sacs de diamants bruts. Le temps que le débat scientifique tourne en sa défaveur, il aura inondé jusqu'au point de non-retour le Centrafrique de ses plantations infernales. Un Centrafrique qui sera le premier à souffrir des conséquences écologiques monstrueuses de l'opération. Vengeance et gigantesque pied de nez au monde, avant de disparaître pour toujours sous un quelconque nom d'emprunt, loin du désastre, par exemple sur une île au beau milieu du Pacifique où les criquets diaboliques n'arriveront que longtemps après sa propre mort.

Un raisonnement démentiel.

Mais qui se tient.

— Vandervelde est à Bangui, actuellement ? s'informa Gribovitch en tripotant nerveusement son paquet de cigarettes.

— Peut-être, peut-être pas, répondit Niokobé. Impossible à localiser depuis plusieurs semaines. Cette disparition soudaine est étonnante parce qu'inhabituelle. L'homme est plutôt du genre mythomane et adore briller en société. À mon avis, il trame quelque chose. Et quand on connaît le personnage, on peut raisonnablement s'attendre au pire.

Alex alluma fébrilement une Gitane blonde, tandis que Sophie, visage crispé, fixait le ciel lourd d'un orage qui montait sur la ville assommée de chaleur.

CHAPITRE XI

Karel Vandervelde chassa Waïpiti d'une chique-naude sur le derrière. Le petit singe domestiqué s'esquiva en couinant et se réfugia à l'abri d'un divan. Vandervelde était en colère, et il avait de bonnes raisons pour cela : on venait juste de lui annoncer par radio la mort d'Éva, alias Tatiana Rebrov. Démasquée, celle-ci avait joué le jeu jusqu'au bout, selon les règles qui valaient pour chacune de ses compagnes. C'était la première fois que l'une d'elles était acculée au suicide, et il décida de ne pas en avertir immédiatement les autres. La situation devenait serrée ; ce n'était pas le moment d'introduire des motifs de vague à l'âme au sein de ses troupes.

Pedro Oroya l'inquiétait également. L'homme résistait, ne livrait avec parcimonie que des codes erronés qui semblaient momentanément provoquer un décryptage partiel des données figurant sur le disque de son portable, mais dont il s'avérait au bout de quelques heures de travail qu'il s'agissait seulement de leurres sans la moindre importance : informations tronquées ou carrément inopérantes. Très adroit, mais terriblement exaspérant.

Il y avait bien Juanita, évidemment, mais il s'en était tenu jusque-là aux menaces verbales, pensant à tort que cela suffirait, et ne se sentait pas capable de torturer physiquement la fillette pour obtenir la reddition du père. Cette sensiblerie incongrue n'était d'ailleurs pas la moindre cause de son irascibilité, et il soupçonnait Oroya de l'avoir percé à jour sur ce point. On verrait bien comment réagirait le scientifique une fois qu'on lui aurait mis sa secrétaire sous le nez. S'agissant d'elle, Vandervelde savait n'avoir à souffrir d'aucun atermoiement. Il confierait la chose à Su-Yîn, une spécialiste.

Ne point tarder, cependant. Sans doute cet agent français qu'avait dû éliminer Éva en avait-il plus appris sur elle qu'elle ne le soupçonnait et avait-il affranchi ses supérieurs avant d'être effacé. Il n'y avait bien sûr aucune raison pour qu'on ait pu faire le rapprochement entre la jeune femme et les adolescentes d'ADN, surtout si l'on considérait le moyen qu'elle avait choisi de disparaître, et a fortiori aucune chance qu'on puisse remonter jusqu'à lui. Mais sa vie agitée lui avait au fil des années appris qu'une prévoyance méticuleuse de tout risque potentiel était la clé du succès et de la tranquillité d'esprit. Oroya devait cracher le morceau, maintenant, et il pourrait ensuite déclencher l'ultime opération d'une stratégie longuement ourdie.

Tant pis pour Émilie Forban.

Ce serait pour le lendemain matin.

Il s'était calmé, l'estomac rassasié par quelques bananes frites que sa cuisinière pygmée lui avait apportées aux environs de dix-neuf heures. Waïpiti n'était pas réapparu. Il l'appela d'une voix qu'il voulut rassurante. La bestiole sortit de sa cachette, la tête basse protégée de ses deux mains rassemblées. Puis le singe jugea que l'orage était passé et sauta sur son épaule en chahutant, définitivement désinhibé.

Dehors, comme tous les soirs, il pleuvait des cordes. Vandervelde aimait ces averses violentes et tièdes qu'on ne trouvait qu'entre équateur et tropiques. Il sortit et fut immédiatement trempé. C'était bon. Enroulé autour de son cou, Waïpiti protestait avec véhémence mais n'osait abandonner un maître dont il venait tout juste de retrouver les faveurs.

Ingmar, le Suédois à la queue de cheval et au visage grêlé, fumait une cigarette à la porte de son appartement, sous le couvert d'un auvent dont la toile épaisse ployait sous le déluge. Vandervelde s'adressa sèchement à lui.

— Va me chercher Su-Yîn. Qu'elle me rejoigne au baobab.

Le mercenaire s'exécuta en grognant et disparut au détour de l'allée.

L'arbre était une curiosité, et les Pygmées en avaient fait depuis des générations l'une des personnalités majeures de leur panthéon tribal. Dans leur jargon où des survivances d'une langue originelle oubliée se mêlaient à des éléments de bantou et de sangho, ils l'avaient affublé d'un vocable signifiant quelque chose comme « le gros père de la forêt », et lui vouaient un culte qui se traduisait par des offrandes de fruits et d'abats animaux qui faisaient souvent le bonheur d'un fauve en mal de proie vivante.

Les baobabs poussaient d'ordinaire dans la savane, leur écosystème naturel, et si l'on en trouvait encore fréquemment en lisière de forêt, il était beaucoup plus rare d'en rencontrer au cœur de la jungle. Le tronc de celui-ci était impressionnant – plus de quinze mètres de circonférence – et envahi de lianes grimpantes qui se perdaient parmi son feuillage sensiblement plus exubérant qu'il ne l'aurait été en zone découverte.

Vandervelde constata que du dernier cadeau offert à l'arbre-dieu, il ne restait que quelques peaux de bananes et d'oranges déjà pourrissantes.

Les singes s'étaient servis. Quant à la bête qui s'était approprié la viande, des traces de griffes puissantes et toutes fraîches à la base des racines trahissaient un félin de belle taille.

Su-Yîn apparut, longue liane filiforme et nue parmi la végétation luxuriante. Elle semblait évoluer au sein de son élément naturel, glissant parmi les feuillages dégouttant de pluie, le corps luisant sous l'averse, son interminable chevelure noire dessinant une succession de langues plaquées sur la peau de son torse et de ses flancs.

— Monsieur a besoin de moi ?

Sa voix n'était qu'un filet enfantin dépourvu de tonalités graves, qui sourdait entre ses lèvres à peine mobiles. Son regard à la fois morne et perçant depuis les fentes de ses paupières obliques impressionnait par sa froideur mystérieuse et déterminée.

Su-Yîn n'était pas la moindre fierté de Vandervelde. Des dix-huit filles façonnées, modelées par sa patience et sa volonté, chacune affinée à souhait en fonction de ses aptitudes naturelles propres, il la considérait comme son chef-d'œuvre. Certes elle était infiniment moins polyvalente que la plupart, et ne pouvait par exemple intervenir sur le terrain comme l'avaient fait Sylvie ou Elsa, voire feue Éva, plus malléables et aptes à se forger un personnage et à se fondre au sein de contextes donnés et variés.

145

Su-Yîn était une épure, monolithique et parfaite, incapable d'interpréter un rôle qui ne serait pas une stricte émanation d'elle-même. Une sorte de fantaisie abstraite, hors toute contingence pragmatique, mais tellement flatteuse pour l'ego de son créateur que Vandervelde s'accommodait sans mal de son peu d'utilité opérationnelle. Il était cependant un domaine dans lequel elle n'avait pas sa pareille, et l'heure était venue d'en tirer profit.

— Cette fille qu'Elsa nous a amenée, tu as eu le temps de l'étudier un peu, je suppose.

— Jolie, répondit l'Asiatique. Faible et impressionnable, mais par ailleurs non dénuée de ressources si j'en juge par ce que j'ai pu voir.

— Demain matin, elle sera à toi pour le temps qu'il faudra. Il s'agit de la secrétaire d'Oroya, mais il en a également fait sa protégée. Leurs relations sont intimes, pas au sens où tu pourrais l'entendre. Il la considère un peu comme sa fille adoptive.

— Je vois. Vous aviez pourtant la vraie à votre disposition, ironisa la jeune femme.

— Bien sûr, mais c'est... je ne souhaite pas m'étendre sur le sujet. Oroya doit parler, il n'est plus temps de tergiverser.

— Il parlera.

— Prudence cependant. Elle ne doit pas te claquer entre les doigts, ni pendant, ni... après.

L'homme est capable d'essayer encore de nous mener en bateau, et une deuxième séance sera peut-être nécessaire.

Su-Yîn bomba le torse.

— Douteriez-vous de moi, monsieur ?

— Non, mais...

Le singe s'énervait sur l'épaule de l'aventurier, et babines retroussées, émettant une série de petits cris perçants.

— Calme, Waïpiti. La pluie t'est-elle si pénible ?

— Ce n'est pas ça, monsieur, fit la fille brusquement sur ses gardes, tous les sens en éveil. Il a peur de quelque chose.

Vandervelde s'agaça du comportement de l'animal et le châtia d'une gifle sur le museau.

— Plus un geste, continua Su-Yîn d'une voix brutalement tranchante. Quand je vous le dirai, vous vous écarterez lentement, très lentement.

Elle fixait un point au-dessus de sa tête. Les fentes de ses paupières avaient encore rétréci.

— Allez-y, maintenant. Pas de mouvement brusque, surtout.

Il obéit à la lettre, s'éloigna insensiblement, centimètre par centimètre, et se retourna.

Posté sur une basse branche du baobab, un léopard adulte, sans doute une femelle, muscles bandés en position d'attaque, regardait la jeune femme, canines dévoilées et griffes déployées.

L'instant d'après, il avait bondi et touché le sol à l'endroit précis où se trouvait le Belge quelques secondes auparavant. La bête ne se préoccupait plus de l'homme, reportant toute son attention sur Su-Yîn qui ploya peu à peu son corps, posa les mains à terre, creusa ses reins, dressa soudain la tête et émit un rugissement terrible, comme aucun gosier humain n'en avait jamais produit.

Vandervelde déplaça doucement sa main droite vers l'étui de ceinture enfermant le revolver qui ne le quittait jamais.

— Non, siffla l'Asiatique, vous n'en auriez pas le temps. Laissez-moi faire.

À quatre pattes, cuisses tendues et épaules ressorties, elle avançait vers le fauve. Sous sa peau ruisselante, les muscles jouaient à la perfection. Femme, elle ne l'était plus. Elle s'était faite panthère, tigresse, prédatrice impénitente du grand cycle de la vie sauvage. Elle avança encore. Ses pieds et ses mains déchiraient l'humus. Sur ses fesses haut perchées, les gouttes énormes explosaient sans discontinuer. Sous elle, entre ses coudes écartés, ses seins coniques aux pointes dressées frôlaient le sol détrempé. Son nez, ses lèvres ouvertes sur ses dents progressèrent inexorablement, presque à toucher les crocs de l'animal qui ne bougeait plus, tétanisé, regard plongé dans celui de Su-Yîn.

Puis, d'un coup, elle ouvrit la bouche en un puissant bâillement et rugit de nouveau, plus puissamment encore que la première fois.

Tandis que Waïpiti, terrorisé, désertait l'épaule de son maître et s'enfuyait en piaillant, le léopard couina brièvement et fit volte-face. En moins d'une seconde, il avait disparu, avalé par la végétation.

— Il parlera, dit Su-Yîn en se redressant.

Un sourire tranquille zébrait d'un trait d'émail et d'acier le bas de son visage.

— Oui, il parlera, je vous en fais la promesse solennelle.

CHAPITRE XII

La Lada Niva 1600 de location mise à disposition par Calderoni n'offrait pas un grand confort – c'était le moins qu'on puisse dire. Les quatre roues motrices n'étaient pas débrayables et, sur le goudron, l'engin sifflait comme une essoreuse de laverie industrielle. Quant à la suspension, elle rappelait étrangement à Sophie Leclerc, par son absence totale de souplesse, celle de la formule 3000 qu'elle avait pilotée un jour, le temps de quelques tours d'anneau, grâce à la complicité d'un ami mécanicien. Vu l'état des rues de Bangui, un tel véhicule, aussi solide que rustique, constituait néanmoins un choix non dénué de bon sens. De plus, le périple qu'envisageaient à présent les deux policiers français s'accordait parfaitement avec les ressources de la voiture.

Gribovitch stoppa à l'heure convenue devant la porte de l'immeuble qui hébergeait le service de Judicaël Niokobé. Celui-ci les attendait déjà, arpentant ce qui avait dû autrefois être un trottoir, sac militaire au dos. Il rangea son barda dans le coffre et les salua d'un sourire enjoué en prenant place sur le siège passager.

Sophie s'était quant à elle installée tant bien que mal sur la minuscule et spartiate banquette arrière. Des heures et des heures de piste défoncée dans ces conditions : elle n'était pas au bout de ses peines.

— Pas de problèmes avec vos chefs ? s'enquit Alex.

— Aucun. On m'a prié de vous épauler, avec priorité absolue sur toute autre affaire en cours. C'est bien ce que je fais, non ? Dites, vous avez quoi comme carburant ?

— Réservoir plein, de ce matin.

Niokobé éclata de rire.

— Filez tout droit. Il y a un dépôt plus loin. Pourquoi croyez-vous qu'on vous a livré cette bagnole avec trois jerricans sur le toit ? Il faut les remplir. Ces engins-là font plus de vingt litres au cent en terrain un peu difficile, et la piste qu'on va se taper de l'autre côté de Mbaïki n'a rien à voir avec les Champs-Élysées, vous pouvez me croire.

Le Centrafricain semblait heureux d'avoir pu épingler les deux Français en flagrant délit d'imprévoyance. Gribovitch et Sophie lui concédèrent sans rancune ce petit plaisir. Les pompes se trouvaient en effet à quelques centaines de mètres de là. Alex y fit remplir les jerricans, tandis que Niokobé s'occupait d'inventorier l'eau et les provisions de bouche prévues par Sophie, qu'il se chargea lui-même de compléter au magasin attenant à la station.

— Parés, conclut-il, on peut tailler la route.

Ils traversèrent des faubourgs qui ne le cédaient en rien, question désolation, à ceux qu'ils avaient découverts en arrivant à Bangui, puis s'engagèrent sur un ruban d'asphalte qui s'enfonçait à perte de vue dans la savane. La chaussée n'était certes pas toute neuve, mais praticable cependant à vitesse soutenue sans trop de danger pour les pneus.

Ils doublèrent régulièrement des camions qui les saluèrent à grands feulements de klaxons enroués, en croisèrent d'autres. Tous dataient d'aû moins une vingtaine d'années, certains de beaucoup plus, et crachaient une fumée noire et épaisse. Les parois de bois de leurs remorques tressautaient à tout va, à la limite de la rupture.

— C'est avec ce genre de bahuts que Vandervelde a fait fortune sous l'Empire ? se renseigna Gribovitch.

— Précisément. Le parc n'a pratiquement pas été renouvelé depuis. On s'est contenté de l'entretenir tant bien que mal à grand renfort de fil de fer et de plaques soudées. On ne jette rien en Afrique, vous savez. La plupart des véhicules ont plusieurs millions de kilomètres dans les roues. On répare, jusqu'au dernier souffle. Je connais même des petits transporteurs indépendants qui retapent leurs cercueils ambulants avec des pièces d'avions militaires achetées au marché noir aux forces françaises basées à Bangui puis transformées par leurs soins. Paraît qu'il n'y a pas plus solide, comme matériau. Chacun se débrouille, quoi. La misère et l'imagination humaines ont des ressources qu'on ne soupçonne pas. J'ai moi-même une vieille 504 que m'a vendue un coopérant, en 1989. Récemment, la boîte de vitesses à rendu l'âme. Devinez par quoi l'a remplacée mon mécano de quartier : par une boîte de Datsun, c'est tout ce qu'il avait en magasin. C'est ça la mondialisation, sur ce continent : des pièces japonaises sur une carcasse européenne, et vogue la galère. Ça nous donne au moins un avantage sur vous autres les nantis. Si tout vient à péter, on sera les derniers à crever, parce qu'a force de ramer, nous, les Négros, on a la démerde vissée au patrimoine génétique.

Alex remarqua que la langue plutôt châtiée du Centrafricain souffrait d'une nette tendance au relâchement stylistique, depuis quelques minutes. Il prit cela pour une marque de confiance doublée d'un début de familiarité spontanée, ce qui n'était pas pour lui déplaire.

À cet instant, Sophie Leclerc poussa un petit cri : sa tête venait de heurter douloureusement le toit de la voiture.

La veille dans la soirée, Niokobé s'était rendu à l'hôtel *Oubangui* où logeaient les deux Français pour leur signaler qu'on était désormais certain que Vandervelde ne se trouvait pas dans la capitale, mais qu'il était improbable qu'il ait quitté le territoire national. Une chose était sûre, il n'avait pas pris l'avion depuis des mois. Alex s'était enquis de ses villégiatures possibles en Centrafrique, et Niokobé avait immédiatement mentionné la villa près de sa mine de diamants, à trois cent cinquante kilomètres à l'ouest de Bangui, en pleine jungle. L'aventurier y faisait des séjours réguliers ces deux dernières années, pour des raisons qu'on ignorait.

— On peut s'y rendre facilement ? avait demandé Sophie.

— Une bonne journée de voyage. Pas de tout repos.

L'idée avait cheminé dans le cerveau de Gribovitch. Un endroit coupé du monde, disposant d'infrastructures dont l'ampleur n'était pas vraiment connue. Pourquoi pas un camp retranché d'où essaimaient ses jeunes furies en cas de besoin, via le Congo ou le Cameroun voisins ?

Idéal en outre pour installer un labo clandestin à l'abri des curieux. Si Vandervelde était bien leur homme, c'était là-bas qu'il fallait d'abord pointer son nez.

— On part demain, avait-il subitement tranché.

— Il vous faut un guide, je vous accompagne, s'était proposé Niokobé.

De toute manière, ils n'avaient guère le choix pour l'instant…

*
* *

La petite ville de Mbaïki marquait la fin de la route goudronnée. Ils s'engagèrent ensuite sur une piste qui remontait vers le nord-ouest, relativement praticable. Niokobé avait pris le volant.

— Pourquoi on ne pique pas directement à l'ouest ? s'informa Alex.

— Parce qu'on tomberait tout de suite sur la forêt, l'éclaira le conducteur. Mieux vaut rouler en savane le plus longtemps possible, quitte à rallonger le trajet. Juste avant Ngoto, nous traverserons la Lobaye, puis nous continuerons dans la même direction jusqu'à Mboula où nous bifurquerons ouest-sud-ouest. Là, nous entrerons dans la jungle. Il nous faudra franchir le Mbaété puis, plus loin, le Mambéré. La mine de Vandervelde se trouve dans le coin, soixante kilomètres environ avant Berbérati. Je vous préviens que la Lobaye, le Mbaété et le Mambéré ne disposent d'aucun pont assez solide pour supporter le poids d'une voiture. Il faudra passer à gué, et nous sommes en pleine saison des pluies. Faisable, mais pas simple. Le mieux sera de bivouaquer de l'autre côté du Mambéré. À l'heure où nous y parviendrons si tout va pour le mieux, la nuit sera déjà tombée. Il n'y a quasiment plus de piste à partir de là. Nous terminerons le trajet demain, de jour, c'est plus prudent.

La traversée de la Lobaye s'avéra épique, en effet. Des riverains de Ngoto mirent la main à la pâte, tirant, poussant, chacun y allant de son conseil, en totale contradiction avec celui du voisin. On parvint cependant à atteindre l'autre rive sans inonder le moteur, préoccupation principale de Judicaël Niokobé. Après un tel déchaînement d'énergie, la piste défoncée semblait par contraste un véritable boulevard.

— On ne voit pas beaucoup de faune, constata Sophie qui avait dû jusque-là se contenter d'apercevoir au loin un maigre troupeau de zèbres et quelques vautours planant en larges cercles dans le ciel de plomb.

— Les réserves sont dans le nord, expliqua leur guide improvisé, et même là-bas, les grands animaux subissent un braconnage intensif que le manque de moyens empêche de combattre efficacement. Les rhinocéros y ont quasiment disparu, et les troupeaux d'éléphants se voient chaque année amputés dans des proportions dramatiques. Ici, les herbivores de taille conséquente se limitent aux gnous, aux zèbres, et à quelques familles de girafes dont les prédateurs, lions et hyènes, se font rares à cette époque, parce que les troupeaux, en été, ont tendance à migrer. Il y a peu de chances que ceux qui restent nous attendent au bord de la piste pour nous souhaiter le bonjour.

Mboula, gros village qui semblait avoir échappé au cours du temps. Comme prévu, ils redescendirent sud-sud-ouest et, très vite, la jungle fut là, énorme, impressionnante.

— On va rouler... là-dedans ? s'inquiéta Sophie.

Niokobé étouffa un éclat de rire.

— On peut retourner à Bangui, si vous voulez.

Gribovitch balaya l'ironique proposition d'un revers de main et tenta d'identifier d'un regard néanmoins perplexe ce qui subsistait de la piste parmi les broussailles et les arbres de plus en plus touffus.

La traversée du Mbaété fut nettement moins problématique que celle de la Lobaye. Le cours d'eau était plus étroit, ses eaux semblaient plus paisibles, et le gué y méritait vraiment cette appellation.

Les heures passaient, et l'humidité de l'air était maintenant assez proche de celle d'un bain turc. Les trois passagers, Niokobé y compris, étaient trempés. Leurs vêtements dégouttaient d'un pénible mélange de condensation et de sueur.

L'une après l'autre, les bouteilles d'eau minérale qu'ils avaient embarquées allaient brinquebaler, vides, sur le plancher de la Lada entre les pieds de Sophie Leclerc. Ils n'avaient rien mangé depuis Bangui, mais aucun n'avait faim.

La pluie du soir enveloppa le 4X4 de son déluge quotidien, puis la nuit tomba presque d'un coup, quasiment sans crépuscule, plaquant sur le vert de la végétation sa chape brune et impénétrable.

— On ne passera pas le Mambéré aujourd'hui, décida Niokobé. Dès que je repère un endroit à peu près correct, on s'arrête.

À la base du promontoire rocheux envahi par les lianes, la grotte offrait une ouverture en surplomb plutôt accueillante, qui leur éviterait d'avoir à dormir dans l'habitacle inconfortable et exigu de la Lada. Niokobé tira une lampe torche de son sac à dos, assura son arme au creux de sa main droite, et sortit sous l'averse qui semblait vouloir durer jusqu'à la fin des temps. Avant d'investir les lieux, il préférait vérifier qu'aucun indésirable, genre léopard ou boa, n'y avait élu domicile pour la nuit.

Il revint au bout de quelques minutes.

— C'est bon, la place est libre. Pas très spacieux, mais on y sera au sec.

Alex reprit le volant et gara la voiture au plus près, histoire de décharger leur barda sans qu'il s'en trouve immédiatement trempé.

Chose faite, chacun constata qu'il ne pouvait rester dans un état aussi lamentable. Gribovitch se déshabilla sans autre forme de procès pour passer des vêtements propres. Niokobé, pudique, l'imita bientôt mais en s'asseyant sitôt son pantalon baissé, à l'abri derrière son sac, dans le but marqué de soustraire les attributs mâles de son individu au regard de Sophie. Celle-ci ne s'encombra pas de telles précautions. Elle fouilla parmi ses affaires et en sortit une serviette de bain et une dose de shampooing en sachet alu en provenance directe de l'hôtel *Oubangui*.

— J'en ai d'autres, proposa-t-elle. Ça vous dit ?

Gêné, Niokobé déclina l'invitation, tandis qu'Alex, après avoir hésité, renonçait finalement à devoir se dévêtir de nouveau.

— Les hommes sont des cochons, énonça-t-elle, dans tous les sens du terme. Restez dans votre crasse si ça vous chante. Moi, je me prends une douche.

Puis, sans autre avertissement, elle fit passer son T-shirt par-dessus sa tête, éjecta les sandales de cuir dans lesquelles elle avait pataugé toute la journée, et dégrafa son jean dont elle se débarrassa, slip y compris, en tortillant des hanches.

Niokobé ouvrit une bouche en « o », témoignage appuyé de son émotion soudaine.

La Française déchira alors le sachet d'un coup de dent et sortit sous l'averse. Les deux hommes ne perdirent pas une miette du spectacle de son corps nu, encadré dans l'ouverture de la grotte, qu'elle frotta longuement de ses deux mains après avoir déversé le shampooing sur sa tête et ses épaules.

Gribovitch, qui s'était depuis longtemps accoutumé aux comportements très nature de sa coéquipière, riait intérieurement des mimiques scandalisées du Centrafricain. Quand il la vit, de face, plonger sa main droite entre ses cuisses écartées pour fourrager parmi la mousse blanche qui noyait sa toison pubienne, il se dit qu'elle exagérait un peu : Niokobé transpirait tellement qu'il allait devoir se changer à nouveau si elle ne mettait pas rapidement fin à son supplice.

Sophie réintégra finalement la grotte après avoir rincé consciencieusement toute son anatomie, seins ostensiblement dressés, touffe dégoulinante, et un franc sourire aux lèvres. Puis elle se sécha à l'aide de la serviette, sans marquer de hâte particulière, et se glissa à l'intérieur d'un grand débardeur qui lui tombait juste sous les fesses.

— Ça fait du bien, souffla-t-elle, mais ça m'a donné faim. Qu'est-ce qu'on mange ? Notre maître queux a peut-être une idée, parmi ses emplettes de ce matin…

Elle fixait Niokobé d'un regard mouillé, le bout de sa langue rose émergeant entre ses dents. Gribovitch trouva qu'elle avait bien insisté sur la dernière syllabe de maître queux, et douta de la manière dont elle l'orthographiait en ce moment précis. Apparemment, l'appétit qu'elle affichait ne se limitait pas au côté strictement gastrique de son joli petit ventre.

CHAPITRE XIII

Alex Gribovitch fut réveillé à quatre heures du matin par un cri déchirant qui déferla sur la jungle endormie. Il aurait juré qu'il s'agissait du hurlement d'agonie d'un singe sous les crocs d'un fauve en chasse. Comme le sommeil lui refusait désormais sa porte, il s'empara de son paquet de cigarettes et de son briquet, puis sortit de la grotte.

La forêt, qui ne crépitait plus sous l'assaut de l'averse essuyée la veille, paraissait paisible et protectrice, image trompeuse d'un paradis terrestre où la griffe et la dent tapies dans l'ombre attendent patiemment l'instant venu de donner la mort à plus faible que soi.

Alex leva la tête, cherchant un quartier de lune qu'il lui avait semblé entrevoir parmi les frondaisons. Ne l'ayant pas trouvé, il décida d'escalader le promontoire rocheux surplombant la caverne. Cela lui prit sept ou huit minutes au bout desquelles il atteignit le sommet. Spectacle fabuleux.

Sous un ciel piqué d'étoiles, et effectivement éclairé d'un croissant éclatant, les cimes des arbres déroulaient à ses pieds leur tapis à l'infini, dont l'horizon se mêlait sans rupture à la nuit.

Il avait déjà vécu de ces instants privilégiés où l'on se sent à la fois si important, parce que seul en face de la sublime nature, et si petit, écrasé par l'immensité de tout ce qui n'est pas humain, qui fut avant l'humain et sera après lui. Jusqu'à cette course folle qui lui paraissait à présent si vaine, en quête d'un aventurier dont il n'était même pas certain qu'il s'agissait de celui qu'il cherchait, et qui se trouvait peut-être à des milliers de kilomètres de l'endroit où il espérait le dénicher.

Puis il reprit brutalement conscience, s'assit en tailleur sur le rocher et fuma une Gitane blonde, se rappelant soudain que si le monstrueux programme B126Y était un jour mis à exécution, tous les panoramas du genre de celui qu'il avait sous les yeux disparaîtraient, sans doute à jamais, et que les humains, eux, y survivraient bel et bien, le temps d'une lente et inexorable agonie.

Il redescendit à la grotte alors que le rose de l'aurore délavait peu à peu le bleu de plus en plus pâle de la nuit finissante. Quand il se courba pour entrer, il découvrit un Judicaël Niokobé passablement essoufflé, qui finissait de s'habiller alors qu'il n'avait pas ôté ses vêtements pour dormir.

164

Sophie, elle, remettait un peu d'ordre aux mèches folles de sa frange. Dans l'échancrure généreuse de son débardeur, ses seins montaient et descendaient à un rythme soutenu, peu compatible avec l'état paisible et reposé d'un corps qui émerge en douceur d'une nuit de sommeil.

Gribovitch se racla la gorge d'un air entendu, et proposa un grand bol de café instantané avant de lever le camp.

Jusqu'au moment de reprendre place dans la Lada, Sophie et Niokobé s'en tinrent, sur le plan de la conversation, à une succession de banalités affligeantes entrecoupées de longs silences.

Alex s'amusa tout d'abord de cette sorte de gêne qui les pétrifiait tous deux, digne d'adolescents pris en flagrant délit de fornication par les parents de l'un ou de l'autre, puis il finit par en être perturbé lui-même.

Sophie n'était pas coutumière de ce genre d'inhibition, bien au contraire, et son coéquipier la savait totalement étrangère à tout préjugé de type racial ou assimilé. S'agissant de leur collègue centrafricain, peut-être celui-ci souffrait-il, malgré lui et en dépit de son haut niveau de conscience et de culture, d'une survivance d'interdit ancestral, enfoncé dans les cœurs et les mentalités par un trop lourd passé de colonisation féroce, qui empêchait jusqu'à aujourd'hui nombre de Noirs de commettre en toute quiétude l'acte de chair avec une femme blanche.

Commettre. Gribovitch se rendait compte que ce mot qui lui était naturellement venu à l'esprit n'était pas sans révéler, au sein de son propre raisonnement, une fêlure que le poids de l'histoire rendrait pour longtemps encore difficile à cicatriser. Quelle que soit la persévérance des généticiens et des paléontologues assénant régulièrement à la face du terrien lambda que le concept de race, s'agissant de l'homme moderne, ne reposait sur aucune base scientifiquement opérante, les vieux démons des idées reçues pouvaient se glorifier d'avoir de beaux et nombreux jours devant eux.

Après s'être installé au volant, Niokobé prit sur lui de mettre fin au malaise ambiant en ramenant au premier plan l'objet de leur périple à travers la jungle.

— Je sais bien que vous ne m'avez pas tout dit des raisons de votre présence ici, commença-t-il, et vous avez probablement de bons motifs pour cela. Une chose est sûre cependant : ni vous ni moi ne savons précisément ce que nous trouverons là-bas, ni même si nous n'allons pas tout simplement nous jeter dans la gueule du loup. Il y a peut-être un moyen de glaner quelques précieux

166

renseignements avant de plonger tête baissée dans la marmite. Je ne garantis rien, mais ça vaudrait sans doute le coup d'essayer.

Alex le gratifia d'un regard qui le priait de s'expliquer.

— La mine de Vandervelde n'est pas la seule dans le coin. Toute cette partie de la Sangha est truffée de gisements en cours d'exploitation, et il en est un dont je connais personnellement le contremaître, situé à quinze kilomètres à peine de notre objectif. C'est énorme en forêt, bien sûr, et les contacts d'un site à l'autre sont plutôt rares, mais... On ne sait jamais. Qu'en pensez-vous ?

— Hum... fit Sophie. C'est tentant.

Gribovitch abonda dans le même sens.

— L'enjeu est trop grave pour qu'on se permette de négliger la moindre possibilité. Niokobé, arrêtez de tripoter cette clé de contact. On n'est plus à cinq minutes près, et je crois que le moment est venu de vous affranchir d'un certain nombre d'éléments relatifs à notre mission... En toute confidentialité, bien entendu, je m'en remets à vous sur ce point...

*
* *

Judicaël Niokobé était littéralement atterré. Il s'était attendu à tout, sauf à ça.

— C'est incroyable ! souffla-t-il. Mais à quoi jouez-vous donc, vous autres les soi-disant civilisés ?

Sophie Leclerc, depuis la banquette arrière où elle s'était de nouveau installée tant bien que mal, lui posa la main sur l'épaule.

— La question n'est malheureusement plus là. Vous connaissez la personnalité de Vandervelde mieux que nous. Le croyez-vous capable de ça ?

Le Centrafricain soupira.

— Oui. Je suis sincèrement désolé d'avoir à vous répondre par l'affirmative, mais c'est oui, à cent pour cent. Ce type n'a plus un seul des repères qui délimitent le champ d'action d'un homme normal. Il a été un proche de Bokassa, je vous le rappelle. Ces gens échappent à toute règle autant morale que rationnelle. Leur histoire personnelle les place… non pas au-dessus, mais à côté de tout. Ce sont des monstres, au sens propre du terme. Nom de Dieu, quelle… Et ce Pedro Oroya, vous croyez qu'il parlera ?

— Pas de gaîté de cœur, évidemment, dit Alex, il est profondément honnête et conscient de sa responsabilité dans cette affaire. Mais personne n'est infaillible. Ils ont sa fille et, pour une raison que je ne m'explique pas, ils se sont également emparés de sa secrétaire pour laquelle il nourrit un sentiment quasi paternel. Combien de temps pensez-vous qu'un homme normalement constitué, pour vertueux qu'il soit, puisse résister à l'épreuve d'un être cher qu'on torture sous ses propres yeux ?

Niokobé ne jugea pas nécessaire de répondre à cette question. Il reporta de nouveau son attention sur la clé de contact et lança le moteur. La voiture s'arracha dans un bruit de succion à la gangue d'humus putride où elle s'était embourbée, et s'enfonça en rugissant parmi la végétation.

Silvère Dibango, le contremaître, accueillit son vieil ami à grand renfort de tapes dans le dos et d'embrassades viriles.

— Judicaël et moi, précisa-t-il à l'intention des deux Français, toutes dents apparentes, ça remonte à loin. Que de conneries on a faites ensemble sur les bancs de l'école !

Le policier approuva d'un coup de coude dans les côtes de son compère, lequel les invita à parcourir les installations avant de se restaurer à la fortune du pot. Comme il n'y avait visiblement pas moyen de couper court à la visite guidée, Alex et Sophie s'y prêtèrent de bonne grâce.

— Vous nous avez dit que Vandervelde utilisait les services de Pygmées, rappela Sophie au Centrafricain, au bout d'une bonne demi-heure de piétinements entrecoupés d'explications techniques compliquées. Ça n'est apparemment pas le cas ici.

Gribovitch nota avec intérêt que sa coéquipière se servait encore du vouvoiement pour s'adresser à Niokobé.

— Non, l'éclaira ce dernier. Les mines gouvernementales de cette région emploient presque exclusivement du personnel venu de Bangui. Les natifs de la Sangha sont un peuple d'agriculteurs fiers de leurs traditions, qui ne se laissent pas recycler comme ça. Quant aux Pygmées, ils sont très peu nombreux et totalement inadaptés à un quelconque travail salarié. La tribu sur laquelle Vandervelde a mis la main est une exception, et leur sort n'est pas enviable.

La corvée achevée, Dibango pria comme promis ses hôtes de partager son repas, dans l'unique pièce d'un baraquement où il avait pris ses quartiers. Niokobé bavardait interminablement, sans en venir au fait. Exigence du savoir-vivre africain, jugea Gribovitch qui s'escrimait à dissimuler son impatience.

Puis – enfin ! – la discussion s'engagea sur le sujet attendu.

— Je ne peux pas encaisser ce Belge, assena le contremaître. C'est un chien. Il traite nos compatriotes comme du bétail. Pire qu'un chien : une hyène, un chacal. Si vous êtes venus pour nous débarrasser de ce parasite, soyez-en mille fois bénis !

— Aurais-tu eu l'occasion de noter quoi que ce soit de bizarre, ces derniers temps ? insista Niokobé.

— Ces derniers temps ? Pas seulement. Ça s'agite dur par là-bas depuis plus de trois ans. Tellement même que j'ai fait surveiller les alentours par des gars à moi, discrètement évidemment, histoire de voir, et que j'en ai référé à la CCGD à plusieurs reprises. Mais il s'en foutent, là-haut. Sont plus préoccupés par l'évolution de leurs petites carrières que par ce qui peut se passer en brousse.

— La CCGD ? interrogea Sophie.

— Compagnie Centrafricaine des Gisements Diamantifères, énonça Niokobé. Mais encore ? relança-t-il ensuite le contremaître.

— D'abord y a du monde, de plus en plus. Des gros bras, Africains et Européens, genre mercenaires. Mais des cols blancs aussi, on se demande pourquoi. Y a même des filles, un peu plus d'une quinzaine, blanches pour la plupart, qui se baladent à poil toute la sainte journée en fumant des joints. Vous voyez un peu ! Pour loger tout ça, ils ont construit à tout va, en bois de forêt, plutôt dans le genre camouflage. Et je vous passe le matériel.

Au début, ça parachutait en pleine jungle, au moins deux fois par semaine. Puis ça s'est arrêté, sans doute parce qu'il était trop difficile de retrouver les colis. Maintenant, ça continue d'arriver, moins souvent, et par camion. Le bahut part à vide et revient plein. Je pense que les largages se font en savane, loin d'ici, on n'entend plus les avions. Les ballots, ils les rentrent directement dans la mine. Mon avis, c'est qu'on ne s'y occupe plus beaucoup de diamants. Ce qui s'y magouille, par contre ? Mystère.

— Ceux que tu envoies là-bas espionner n'ont jamais été inquiétés ?

— Officiellement, non. Mais le mois dernier l'un d'eux est revenu complètement terrorisé et à moitié mort. Il a prétendu s'être fait attaquer par un fauve. Vilaines blessures mais je sais reconnaître une morsure ou un coup de griffe d'une entaille à l'arme blanche. Le lendemain, il profitait d'un départ de minerai soi-disant pour aller se faire soigner à Mbaïki, alors qu'on avait tout ce qu'il faut sur place pour s'occuper de son cas. Il n'est jamais réapparu. Mort de trouille, je te dis. Depuis, je n'envoie plus personne. Je ne vois pas pourquoi je risquerais la peau de mes gars alors que tout le monde semble se moquer de ce qui peut se tramer ailleurs que dans les salons climatisés de Bangui. Pourtant, d'après ce qu'on m'a dit,

Vandervelde est dans le collimateur du gouvernement, et c'est bien pour ça que vous êtes là tous les trois, pas vrai ? Tout marche sur la tête, dans ce foutu pays. Moi en tout cas, je déclare forfait. À chacun sa croix.

Sophie Leclerc se manifesta.

— Ces filles nues et droguées...

— J'ai dit qu'elles tiraient sans arrêt sur des joints, la coupa Dibango. Prétendre qu'elles sont droguées, c'est une question d'interprétation que je ne trancherai pas. Personne n'est d'accord dans ce domaine, pas plus ici que chez vous, n'est-ce pas ? Ce qui est sûr, c'est que les Pygmées ne sont pas les derniers non plus à y aller de la fumette.

— Mais à part ça et le fait qu'elles ne portent aucun vêtement, vos hommes n'ont rien noté de particulier à leur sujet ?

— Si. Toutes très jolies, à peu près du même âge – la vingtaine maximum – et physiquement surentraînées. Les mercenaires qui les encadrent sur ce plan ont souvent tendance à mordre la poussière quand il leur vient des idées de combat singulier. Toutes les disciplines y passent, jusqu'au parachutisme de précision qu'elles pratiquent depuis un hélicoptère que Vandervelde pilote lui-même. Une véritable unité d'élite et de charme. Pour quel objectif ? Mystère encore et toujours.

Les trois invités achevèrent leur déjeuner en tentant d'engranger un maximum d'informations annexes, notamment quant à la configuration des lieux, puis Niokobé remercia son ami avec une litanie de formules qui laissèrent Sophie et Alex pantois et subjugués.

Au moment de réintégrer la Lada, Judicaël se retourna, avec un sourire perplexe.

— Je me demande si un rond-de-cuir comme moi, qui malgré les apparences suis incapable d'enchaîner dix pompes sans tourner de l'œil, sera d'une quelconque utilité pour contribuer à régler l'épineux problème qui nous attend là-bas, émit-il. Un régiment d'artillerie lourde serait plus indiqué, non ?

Gribovitch n'aurait su dire s'il s'agissait ou non d'une plaisanterie, mais il commençait lui aussi à se poser de sérieuses et embarrassantes questions…

CHAPITRE XIV

Salim Makeba marchait d'un bon pas et sans hésitation, en connaisseur avisé d'une forêt où il avait largement eu le temps de prendre ses repères, depuis maintenant cinq ans qu'il travaillait comme chef d'équipe à la mine dirigée par Dibango. Régulièrement, il se retournait sans cesser pour autant sa progression afin de vérifier que les trois policiers suivaient sans trop de problèmes. Il fallait faire vite, pour parvenir en vue de l'objectif suffisamment tôt pour disposer encore d'une heure ou deux de jour une fois sur place.

Au dernier moment, alors qu'ils s'apprêtaient à lancer la Lada sur une piste de moins en moins identifiable, le contremaître les avait rejoints, visiblement embarrassé de les laisser partir sans appui de sa part.

— Vous iriez presque aussi vite à pied dans cette jungle, et ne seriez pas obligés d'emprunter la piste, qui est sans doute surveillée. Je vous fournis un gars qui vous amènera à proximité du site et s'en retournera aussitôt. Désolé de ne pouvoir faire plus.

Niokobé s'était rangé à son avis et l'avait chaleureusement remercié pour le guide. Tous trois s'étaient ensuite chargés d'un sac à dos renfermant le strict nécessaire, et avaient emboîté le pas à Makeba qui les précédait à travers une végétation totalement vierge, machette en main.

Aux environs de dix-huit heures, alors qu'une pluie tiède et abondante tombait depuis plus d'un quart d'heure, le mineur s'arrêta au pied d'une déclivité.

— Derrière cette butte, expliqua-t-il, vous trouverez un baobab envahi de lianes. Aucun risque d'erreur : c'est le seul de la région. Ne vous y attardez pas, car les Pygmées s'y rendent souvent pour y sacrifier au rituel d'un de leurs cultes tribaux. En face, vous apercevrez une autre butte, un peu plus importante que celle-ci. N'empruntez surtout pas le sentier qui la contourne depuis l'arbre, on vous y repérerait aussitôt. En grimpant plein ouest, vous parviendrez au sommet. Vue imprenable sur l'ensemble du site. Mais attention au guetteur en poste sur la grande colline où est creusée la mine. En évitant de faire remuer les feuillages, vous devriez passer inaperçus. Il y a généralement deux autres sentinelles : la première près de l'hélicoptère, la seconde à l'entrée même de la mine. Les trois sont armées de fusils d'assaut. Celui du gars sur la colline est pourvu d'une lunette. Bonne chance.

Il avait déjà disparu, avalé tel un animal sauvage par la végétation impénétrable.

Tout correspondait point pour point à la configuration des lieux telle que l'avait décrite Silvère Dibango, à l'exception d'une immense clairière récemment taillée à coups d'explosifs. Les trois factionnaires mentionnés par Makeba étaient bien là où il l'avait indiqué.

— C'est un véritable camp retranché, constata Sophie Leclerc d'un ton perplexe. Je vois mal comment nous pourrions fourrer notre nez là-dedans sans nous faire immédiatement capturer. Il nous faudrait l'homme invisible.

— Ou la femme invisible... émit Gribovitch, soucieux.

Il tendit sa paire de jumelles à sa coéquipière et pointa le doigt vers une zone de constructions en bois particulièrement bien camouflées, à droite de la maison principale. Sophie affina la mise au point et s'abîma longuement dans l'étude du périmètre désigné.

— J'ai peur de comprendre, finit-elle par murmurer.

— D'après nos données, les filles logent toutes ensemble dans ce grand bungalow, continua Alex. Tu as repéré les deux qui sont assises à l'entrée, sur les marches ?

— Oui. L'une d'elles n'est autre qu'Émilie Forban, n'est-ce pas ?

— Sans aucun doute.

— Tu as remarqué sa position prostrée ? On dirait qu'elle est mal en point.

— Et je crois savoir pourquoi.

— Le fumier… souffla Sophie. Ton idée, c'est bien que l'autre fille lui sert de garde-chiourme, et que la secrétaire est hébergée, ou plus précisément détenue au sein du harem de choc ?

— Hu-hum.

— Et que si une pièce rapportée, aussi nue qu'un ver, parvenait à s'infiltrer dans la place à la faveur de la nuit, où chacune est censée dormir, elle pourrait éventuellement contacter ladite captive et s'informer de l'état des choses, voire plus ?

— Re-hu-hum.

— C'est ce que je craignais.

— Il y a peut-être une autre alternative, suggéra Niokobé qui lui aussi parcourait la zone d'une paire de jumelles inquisitrices. Voyez le gars en uniforme à l'entrée de la mine. Il vient juste de

relever celui qui marche à présent vers les bungalows, sans doute pour prendre la garde de nuit. Je
l'ai vu sortir d'une case en bout d'allée, là-bas.

— Il vous ressemble, fit Sophie après avoir
pointé ses lunettes sur le type en question.

— Point de vue de Blanc, contesta-t-il. Mais
c'est vrai en partie. Il a ma taille, ma carrure, et à
peu près la même morphologie. Voilà mon plan :
je me rends discrètement dans ses quartiers, où
j'ai de bonnes chances de dénicher au moins un
uniforme de rechange. Une fois déguisé en mercenaire, je m'arrange pour l'approcher en douce et je
le neutralise. J'aurai le reste de la nuit pour
fouiller la mine. S'il y a un labo là-dedans, je le
trouverai. Probable également que les techniciens
logent à l'intérieur – y compris Oroya et sa fille,
c'est la prison idéale. J'improviserai sur place.

— Très risqué, commenta Gribovitch.

— Pas plus que ce que vous suggérez pour
l'inspecteur Leclerc.

Il y avait comme du reproche dans la voix du
Centrafricain, qui se préoccupait visiblement du
sort de Sophie dans cette affaire.

Celle-ci se retourna vers les deux hommes.

— Il n'y a rien de contradictoire dans vos pro-
jets, trancha-t-elle. Gribo, je propose que tu restes
ici à couvert, jusqu'à notre retour. Au cas où...
nous ne reviendrions pas, il faut que l'un d'entre

nous garde les coudées franches pour intervenir comme bon lui semblera.

Alex commençait à regretter la tournure que prenaient les événements et sut qu'il allait passer de longues heures à se ronger les sangs. Mais Sophie avait raison : il devait rester en retrait pour le cas où les choses se gâteraient.

— Bizarre, ce champ de bataille ouvert dans la forêt, continua celle-ci. Ils n'ont quand même pas l'intention de s'offrir un terrain de foot…

— Tu viens tout juste de prononcer le mot, fit Gribovitch. Une fois les bulldozers passés, ça donnera un superbe… champ. Inutile de te préciser le genre de semailles qu'ils comptent y faire.

— Carporavert, évidemment, pour un premier test en écosystème naturel. Alex, si Judicaël et moi-même ne ressortons pas de cette souricière avant demain matin, tu n'auras plus qu'une chose à faire : retourner à Bangui, piquer un avion aux forces françaises basées là-bas et revenir bombarder tout ce merdier jusqu'à ce qu'il soit totalement anéanti.

— Bien sûr, railla son coéquipier, ça coule de source. Tu oublies que mes compétences en la matière se limitent au monomoteur de tourisme.

— Alors il te faudra kidnapper le pilote avec son zinc. Aux grands maux les grands remèdes.

Gribovitch décompressa en allumant une

Gitane blonde, qu'il écrasa aussitôt en se traitant d'idiot : autant avertir les sentinelles de leur présence à coups de signaux de fumée. Au fond de lui-même, il se demanda si les dernières paroles de Sophie Leclerc relevaient vraiment de la plaisanterie.

*
* *

Intérieurement, Sophie jurait comme un charretier. Ils avaient pensé à tout, sauf à ça : la pluie désormais arrêtée, et la boue qui en résultait, dans laquelle elle rampait entièrement nue depuis plus d'une demi-heure. Impossible d'espérer tromper son monde en infiltrant le bungalow dans cet état. Si l'une des filles encore éveillée la voyait, c'en était fait d'elle et de son fragile programme.

Incapable de trouver une solution à cet écueil dans l'immédiat, elle poursuivit néanmoins sa progression et contourna la construction pour l'aborder par l'arrière. Une série de quatre fenêtres s'offraient, masquées par des volets de planches agencées en persiennes qui laissaient passer l'air mais étaient censées faire obstacle aux averses. Elle se retourna sur le dos afin de vérifier une fois de plus qu'elle était en sécurité, se remit à plat ventre et s'arracha lentement à la gangue de terre liquide. Sa poitrine et son abdomen, en décollant du sol, produisirent un écœurant bruit de succion.

Une fois à genoux, elle se plaqua contre le mur de bois et poussa sur ses cuisses. Peine perdue. Les interstices entre les lattes superposées n'étaient pas accessibles à l'œil. Une odeur prégnante s'échappait cependant de l'intérieur du bâtiment. Sophie sut tout de suite de quoi il s'agissait. Elle entendit alors le bruit de corps qui se laissent choir dans de l'eau. Cela venait de la fenêtre la plus éloignée. Elle s'allongea encore et rampa jusque-là. Cette fois, le rebord du volet, que l'humidité avait sans doute fait particulièrement travailler, bâillait légèrement. C'était suffisant.

Une salle de bains. Au centre, un bassin de belle taille, dans lequel deux filles – une Blanche et une Asiatique – se livraient à des jeux érotiques sans équivoque. Sophie jubila : elle tenait la réponse à son problème. Elle se laissa glisser de nouveau, relâcha tous ses muscles, abandonnant son corps à la caresse finalement plutôt relaxante de la boue tiède qui l'environnait de partout. Décompresser, au maximum, le temps que les deux filles en aient terminé avec leurs ébats, puis se jeter dans la gueule du loup, sans état d'âme. Plus facile à dire qu'à faire, songea-t-elle en fermant les paupières sur ce monde de larmes et de

182

sang dont elle aurait voulu pouvoir s'abstraire d'un simple battement d'ailes pour rejoindre l'asile d'un ciel pur et serein.

Plus un bruit. Elle laissa passer une bonne demi-heure encore et se redressa. Prit appui de sa hanche contre le mur de bois et força de la main gauche sur le volet entrebâillé, introduisit son bras droit dans l'ouverture, trouva le loquet, l'actionna. Cela produisit un petit claquement sec qui l'inquiéta. Elle se recoucha dans la boue, s'y roula afin de s'en recouvrir entièrement, s'immobilisa, fange parmi la fange.

Rien. Elle se releva de nouveau, tira le volet. La salle de bains était vide, faiblement éclairée d'un lampadaire de coin que les deux filles n'avaient pas éteint. Elle assura ses paumes sur le rebord de la fenêtre, ploya les jambes, plongea dans l'embrasure d'une détente qui la propulsa à l'intérieur, où elle chuta en roulé-boulé, silencieusement. Elle s'accroupit, respira longuement, le cœur battant la chamade, et gagna le bassin où elle se laissa couler.

Tout autour de son corps, la boue se dissolvait en un nuage ocre jaune qui s'estompait doucement. Elle s'empara d'un savon sur la colonne évasée, au centre du bassin, se frictionna la peau et les cheveux, se rinça abondamment, prolongeant à

183

dessein une toilette qui repoussait d'autant l'instant fatidique de son entrée dans la cage aux panthères.

Les filles étaient là, couchées sur une multitude de coussins, toutes aussi nues qu'au premier jour, léchées par un suave éclairage émanant d'un lampadaire du même modèle que celui de la salle de bains. Sophie en dénombra dix-huit. Dix-huit : le nombre exact des adolescentes disparues d'ADN, moins Tatiana Rebrov, plus Émilie Forban. Le compte y était. Il y avait également un homme, noir, endormi membres mêlés à ceux des deux filles qui l'encadraient. L'une d'elles tenait encore dans sa main sa verge flasque et néanmoins interminable. La plupart des autres dormaient serrées l'une contre l'autre, par couples ou par trios. Des paumes épousaient des seins, des doigts reposaient parmi des toisons pubiennes ou sur des sexes épilés. Apparemment, Sapho avait élu domicile en cette improbable tribu de guerrières aux charmes mortifères.

Émilie Forban.

Elle était forcément là, mais où exactement ?

Sophie réajusta la serviette dont elle s'était enveloppé les cheveux et dont elle laissait pendre un pan de chaque côté de son visage, puis s'allongea sur un coussin inoccupé.

184

Le temps passait. Plus de trois quarts d'heure, selon son sentiment. Elle n'avait toujours pas localisé la secrétaire d'Oroya et n'osait bouger, à défaut de savoir dans quelle direction s'orienter.

Un gémissement, sourd mais intense.

De douleur. Une tête se soulevait, là-bas, au fond. La flamme d'un briquet jaillit, illuminant brièvement un visage aux traits tirés. Aussitôt, un nuage de fumée monta dans la pièce, accentuant d'un coup l'odeur âcre et sucrée à laquelle Sophie commençait à s'habituer.

C'était Émilie. Aucun doute possible.

Son cœur recommençait à lui marteler la poitrine. Insensiblement, elle progressa de coussin en coussin, prenant mille précautions pour ne heurter personne sur son passage.

Elle y était presque.

— Émilie…

La jeune femme, appuyée sur les coudes, tourna la tête. Ses yeux exprimèrent une intense surprise.

— Inspecteur Lec…

Sophie projeta sa main en avant, la plaqua sur la bouche d'Émilie.

— Chut…

— Comment êtes-vous arrivée là ? murmura la secrétaire.

— C'est une longue histoire. Gribovitch est

avec moi, ainsi qu'un policier centrafricain. Pourquoi fumez-vous cette saloperie ?

— Ça calme la douleur. Ils m'ont torturée.

Elle se tourna de côté, révélant un grand nombre de minuscules plaies à vif sur son flanc.

— Nom de Dieu. Alex avait raison. C'est le Belge qui vous a fait ça ?

— Non, pas directement. L'une de ces filles est une spécialiste. Su-Yîn, une Cambodgienne.

Sophie se rappela l'Asiatique qu'elle avait vue batifoler dans le bassin en galante compagnie.

— Oroya ?

— Détenu dans la mine. Il y a tout un labo, là-bas, et suffisamment de personnel pour le faire fonctionner.

— Il a parlé ?

— Oui. Il n'a pu supporter le spectacle de ce que me faisait subir Su-Yîn, sous les yeux de sa fille, de surcroît. N'importe qui aurait craqué.

— La petite est avec lui ?

— Non. Vandervelde la retient dans sa propre maison, sous la surveillance assidue d'un mercenaire. Actuellement, c'est un Suédois qui la garde. Il s'appelle Ingmar. Une véritable bête sauvage.

Sophie s'allongea face contre terre. La voisine d'Émilie venait de bouger.

— Qu… ?

La captive paniqua un instant, puis se reprit.

186

— Sylvie, tu en veux ? Je viens juste de l'allumer.

La fille se tourna sur le dos.

— Non, pas maintenant. Mmmmm…

Elle avait empoigné la secrétaire par les cheveux, pesant sur sa tête tout en soulevant sa poitrine.

— Suce-moi les tétons. Vite.

Sophie, en basculant légèrement son visage, vit celui d'Émilie se pencher sur le torse offert et laper les mamelons à petits coups de langue rapides. Puis elle glissa sur la dénommée Sylvie et s'allongea de tout son long sur son corps qu'elle enserra de ses jambes en étau. Conjointement, l'une de ses mains se referma sur le front de la fille, tandis que les doigts de l'autre s'immisçaient dans la bouche ouverte en un impérieux appel au plaisir.

Craquement sinistre des cervicales brisées. La mort embrumait déjà les yeux béants de surprise.

— Mais… bredouilla Sophie, vous l'avez… tuée…

L'acier du regard d'Émilie ne trahissait pas la moindre émotion.

— Ce truc qu'elles fument est beaucoup plus qu'un simple stupéfiant. Ça donne de l'aplomb, et une force terrible. Mais vous êtes déjà au courant, n'est-ce pas ? Il faut partir, maintenant. Quand les autres la trouveront comme ça, je ne donne pas cher de notre peau si elles nous mettent la main dessus. Par où êtes-vous entrée ?

— Par la fenêtre de la salle de bains.

— Allons-y. Passez la première, je vous rejoins.

CHAPITRE XV

Elles sautèrent l'une après l'autre et se reçurent, jambes fléchies, dans la boue, s'éloignèrent au pas de course jusqu'au bout de l'allée. Émilie accrocha Sophie par le bras.

— Le professeur et Juanita, nous devons tenter quelque chose pour les libérer.

— Je vous ai dit qu'un policier local nous accompagnait. Il est actuellement dans la mine et saura s'occuper d'Oroya s'il voit la moindre chance de le tirer de là.

— Et la petite ?

— On rejoint d'abord Alex, pour faire le point avec lui. Agir sans réfléchir ne servirait à rien. Notre marge de manœuvre est très faible, Émilie, nous ne devons pas paniquer.

La secrétaire ferma les yeux et serra les poings, puis elle sembla se calmer.

— Excusez-moi, fit-elle. C'est cette drogue. Quand on en a pris, on se sent invincible. C'est vous qui avez raison. Où se trouve l'inspecteur Gribovitch ?

— Là-bas, au sommet de cette colline. Suivez-moi.

Sophie s'élançait déjà, entamant en sens inverse le parcours qui l'avait amenée jusque-là.

— Non, l'arrêta Émilie, pas par là. Il y a un meilleur chemin pour sortir d'ici sans attirer l'attention des guetteurs.

Elle s'engouffra parmi les arbres. Elles couraient, pliées en deux, bras levés pour se protéger le visage et parer aux coups de fouets de la végétation, et débouchèrent sur un sentier étroit, à peine discernable dans l'obscurité.

— Ça mène directement au baobab, expliqua la secrétaire sans ralentir.

Elles y parvinrent bientôt. Sophie, à bout de souffle, s'appuya contre l'énorme tronc mangé de lianes en se tenant les côtes à deux mains. Émilie, quant à elle, ne semblait pas se ressentir le moins du monde de l'effort physique qu'elle venait de fournir, et ce en dépit des multiples entailles qui lui lardaient le flanc.

— On ne vous a pas soignée, après… ?

— Badigeonnée au désinfectant, c'est tout. Su-Yîn prétend que ça guérira plus vite à l'air libre.

Il ne restait qu'à gravir la pente sur un peu plus de trois cents mètres pour rejoindre Alex. Sophie

Leclerc expira longuement et s'apprêta à entamer l'ascension. Puis elle tomba subitement en arrêt.

— Vous avez entendu ?

Émilie prêta l'oreille.

Aucun doute : quelqu'un venait, par le même sentier que celui qu'elles avaient emprunté.

Machinalement, Sophie porta sa main à sa hanche nue, comme pour dégainer son arme.

*

* *

Une fille apparut, succube juvénile accouchée par la forêt mystérieuse. Un sourire figé dévoilait ses canines pointues. Son regard immobile sondait celui d'Émilie Forban. Elle portait pour toute parure une ceinture de voyage autour de la taille.

— Ma petite gouine... Ma douce petite gouine... modulait-elle d'un filet de voix gorgé d'acide.

Émilie se campa sur ses jambes et fit face, poitrine bombée, bras légèrement écartés, poings serrés. Sophie s'approcha et se mit elle aussi en position de combat.

— Non, inspecteur, assena la secrétaire d'un ton qui n'acceptait pas de réplique. C'est une affaire entre Elsa et moi. J'ai trop attendu cet instant pour le partager avec quiconque. Ne vous en mêlez pas.

La dénommée Elsa déboucla la ceinture de voyage et la jeta sur le bas-côté.

— Tu as tué Sylvie, Émilie. Tu as osé faire ça. Il n'y a qu'un châtiment pour celle qui a volé la vie d'une de mes sœurs. Monsieur Vandervelde n'a plus besoin de toi, tu sais. Je me sens libre d'exécuter moi-même la sentence que tu mérites. Prépare-toi à mourir, ma petite gouine. Je te regretterai… un peu…

Elle se tut. Les deux jeunes femmes se jaugeaient à présent, en silence. Sophie eut un moment la tentation de hurler pour alerter Gribovitch, mais y renonça en songeant soudain à la sentinelle de l'hélicoptère, qui ne devait pas se tenir à plus de cinq cents mètres de là, à vol d'oiseau. Avec un peu de chance, cette fille avait pris sur elle de les poursuivre sans donner l'alerte. Elle décida d'obéir provisoirement à l'injonction d'Émilie, quitte à intervenir si cela devenait nécessaire.

Elsa attaqua la première. Elle se ramassa sur ses jambes et bondit d'une seule et terrible détente en émettant un feulement de fauve en chasse. Ses doigts courbés comme des griffes s'abattirent sur les épaules d'Émilie qui n'eut pas le temps d'esquiver et chuta lourdement sur le dos. Les canines d'Elsa, sourdant de ses lèvres retroussées, hachaient l'air avec furie, cherchant les carotides.

Mais Émilie ne s'avouait pas vaincue sous la charge. Elle avait abondamment inhalé la drogue dispensée sans compter par le Belge à ses troupes dévouées, et jouissait en conséquence d'un mental à toute épreuve et d'une puissance physique qu'elle avait appris à domestiquer en secret, depuis l'épisode du saut en parachute. Son genou monta à la verticale et heurta violemment l'os pubien de l'assaillante.

Sous la douleur intense causée par l'impact, celle-ci relâcha la pression, l'espace d'une fraction de seconde qui suffit à Émilie pour se tirer du mauvais pas où elle se trouvait en la catapultant d'une ruade impressionnante contre le tronc de l'arbre voisin.

Sans lui laisser l'occasion de récupérer, elle se rétablit et bondit à son tour. Les marteaux de ses poings rencontrèrent simultanément les deux seins de son adversaire, dont les yeux se révulsèrent atrocement. Puis Émilie enserra sa gorge de la main gauche et referma sa dextre sur le sexe moussu. Majeur et annulaire pénétrèrent ensemble la chair fragile et désarmée, en une étreinte qui n'avait plus rien à voir avec les caresses expertes et désirées dont elle avait par le passé comblé son ancienne amie. D'un seul effort ponctué d'un ahanement de bûcheron, elle souleva le corps pantelant et le projeta de nouveau contre le tronc du baobab. La fille s'étala au sol, apparemment hors de combat.

Sophie s'apprêtait à intervenir dans le but d'aider la secrétaire à maîtriser définitivement la vaincue, quand elle constata, sidérée, que celle-ci s'était déjà relevée d'un coup de reins et faisait face, canines arrogantes pointées et salive aux commissures des lèvres.

Les deux lutteuses s'immobilisèrent un instant, puis ce fut de nouveau la mêlée, sauvage, irréelle, où seule surnageait du chaos l'intense, l'irrépressible volonté de déchirer la chair, de briser les os, de massacrer l'Autre, l'Ennemie, honnie, haïe jusqu'à la fureur, jusqu'à l'oblitération de toute particule d'une humanité oubliée, révolue.

Émilie Forban avait à présent le dessous. Allongée à terre, sonnée, tentant vainement de récupérer ses moyens, elle dodelinait de la tête sans pouvoir se redresser. Elsa en profita pour ramasser une lourde branche morte qu'elle leva à bout de bras, dans le but évident de fracasser le crâne de son adversaire.

Cette fois, il n'était plus temps de tergiverser. Sophie Leclerc banda les muscles de ses cuisses et se mit en position pour faucher la jeune femme par le côté.

Elle n'eut pas à le faire et s'immobilisa, tétanisée.

Elsa s'était figée elle aussi, regard exorbité vers les basses frondaisons du baobab, massue noueuse brandie aux bouts de ses bras ensanglantés.

Le léopard décrivit une trajectoire oblique, dans un silence d'éternité, et cueillit la jeune femme au plexus.

L'instant d'après, ses mâchoires se rejoignaient au cœur de la gorge offerte, en un gargouillis atroce d'os et de chair broyés. Le sang gicla à plusieurs reprises. Les jambes d'Elsa se raidirent, battirent l'air spasmodiquement, et retombèrent enfin comme un paquet de chiffons.

Puis le fauve se coucha sur le cadavre d'une ondulation lascive de sa puissante échine et entreprit tranquillement de dévorer la viande.

*
* *

— Nom de Dieu, qu'est-ce qui se passe ici ?

Gribovitch, alerté par le bruit du combat qui était parvenu jusqu'à lui, surgissait de la végétation drue, arme au poing. D'un regard circulaire, il prit note de la situation et mit l'animal en joue.

— Non, fit Sophie en pesant de la main sur l'avant-bras de son équipier. Il n'y a plus rien à faire, et un coup de feu réduirait à néant le maigre avantage dont nous disposons. N'oublie pas que Niokobé est encore là-bas.

— Nom de Dieu de nom de Dieu, répétait-il mécaniquement, hypnotisé par le spectacle du fauve qui dépeçait méticuleusement sa proie.

— Filons d'ici pendant qu'il est occupé, reprit Sophie. Émilie, ça va ? Vous pouvez bouger ?

La secrétaire se remit sur ses jambes tel un zombi, ramassa au passage la ceinture de voyage dont Elsa s'était dépouillée tout à l'heure, et rejoignit les deux policiers en titubant. Sophie la prit par le bras et la poussa devant elle vers le sommet de la colline, tandis que Gribovitch les suivait à reculons, son arme toujours braquée sur la bête au cas où celle-ci se serait soudain intéressée à eux.

— Su-Yîn… murmura Émilie Forban comme pour elle-même, sans cesser de marcher. Elle se vantait devant les autres filles d'avoir vaincu le léopard du baobab par la seule force de son regard. Elsa n'a pas eu cette chance.

— Elsa voulait te tuer, tempéra Sophie en adoptant inconsciemment un tutoiement qui trahissait la sympathie mêlée de compassion qu'elle éprouvait pour la jeune femme.

— Oui, mais parce que j'ai moi-même tué Sylvie. Tout ça est tellement horrible. Je ne suis pas une baroudeuse de commando, moi, juste une petite secrétaire scientifique sans histoires et sans ambition qui préfère les filles aux garçons. Je veux qu'on me fiche la paix, c'est tout.

Des sanglots commençaient à secouer son dos maculé d'humus et couvert d'ecchymoses. Sophie Leclerc se prit sincèrement à plaindre la malheureuse, embarquée malgré elle dans une aventure beaucoup trop lourde pour ses frêles épaules. Maintenant que les effets de la drogue qu'elle avait ingurgitée s'estompaient, elle s'écroulait comme un château de cartes sous le souffle d'un enfant.

En haut de la butte, Sophie fut soulagée de constater que Niokobé était déjà de retour. Pedro Oroya l'accompagnait. Émilie s'effondra en larmes dans les bras du généticien visiblement très éprouvé.

Gribovitch serra la nuque de son collègue centrafricain d'une poigne chaleureuse puis se défit de sa chemise dont il enveloppa les épaules de la secrétaire. Ce n'est qu'à ce moment-là que Sophie prit conscience de sa propre nudité et entreprit d'enfiler ses vêtements roulés en bouchon dans son sac à dos.

— Alors ? fit Alex, impatient d'en savoir plus.

Judicaël ne répondit pas tout de suite. Son regard se perdait sur la forêt environnante.

— J'ai tué cette nuit, pour la première fois de ma vie, finit-il par lâcher d'une voix déchirée. Trois hommes. Des compatriotes pour deux d'entre eux, dont la présence ici n'était probablement motivée que par l'appel d'une solde qui leur permettait enfin de subvenir décemment aux besoins de leurs familles. C'est dur à encaisser.

Il tira de sa poche un trousseau qu'il remit à Alex.

— Qu'est-ce que c'est ? s'enquit celui-ci.

— Les clés de l'un des deux 4x4 garés en contrebas de l'hélicoptère. Elles nous seront utiles dans quelques heures, si toutefois vous tombez d'accord avec la façon dont je vois les choses. Bien, voilà où nous en sommes :…

CHAPITRE XVI

— Encore combien de temps ? demanda Sophie Leclerc pour la énième fois.

L'angoisse sourdait de chacune des syllabes qu'elle prononçait. Gribovitch consulta sa montre qu'il avait réglée avec celle de Judicaël Niokobé.

— Une minute, à peine. La petite Forban m'inquiète vraiment. En moins de deux heures, elle vient de se fumer trois joints de cette came, et la manière dont je l'ai vue tripoter ce laguiole ne m'inspire pas du tout. On aurait dû lui confisquer la ceinture avant qu'elle ne fasse l'inventaire de ce qui s'y trouvait.

— Pour quel motif ? Nous n'en connaissions pas le contenu. Elle, par contre, était parfaitement au courant de ce qu'elle renfermait, et c'est pour ça qu'elle l'a ramassée. Ça ne me plaît pas plus qu'à toi de la voir se shooter comme ça, mais d'un autre côté la drogue lui permet de ne pas péter complètement les plombs.

— Hum… J'espère qu'elle se tiendra à carreau. Aucune envie d'avoir à rapatrier son cadavre entre quatre planches.

Le ciel au-dessus de la jungle commençait à pâlir. À l'horizon, un soupçon de rose annonçait l'aurore.

— Bon, il faut y aller, maintenant.

Ils sortirent à découvert et marchèrent d'un pas volontaire vers les voitures. L'uniforme de mercenaire qu'avait porté Niokobé pour s'infiltrer dans la mine était un peu grand pour Alex, mais il fallait s'en contenter. Sophie, de nouveau nue comme un ver, cheminait à son côté en lui enserrant la taille. La main droite de Gribovitch pendait par-dessus son épaule, lui effleurant le sein.

— Eh ! blagua-t-elle pour combattre l'anxiété qui lui vrillait le ventre, n'en profite pas pour me peloter, s'il te plaît.

Ils en étaient à présent à la moitié de la distance à parcourir. Le garde près de l'hélicoptère les aperçut et brandit son fusil d'assaut. Alex leva le bras gauche, doigts écartés, tandis que Sophie enfouissait son visage au creux de son cou.

L'homme hésitait. Puis il reposa la crosse de son arme à terre et rendit le salut.

Le stratagème avait fonctionné. Dans l'esprit de la sentinelle, un collègue venait tout simplement de rentrer en compagnie d'une des filles après une partie de jambes en l'air à la belle étoile.

Entre les seins de Sophie, des perles se rejoignaient en un ruisseau qui n'avait rien à voir avec la moiteur de la nuit subtropicale.

Alex s'installa au volant de la Range Rover, dégaina son arme, tira de sa chemise celle de Sophie qui la récupéra d'une main ferme après avoir pris place sur le siège passager. La clé de contact jouait parfaitement. Attendre encore, quelques secondes.

Gribovitch avait les yeux vissés sur la silhouette au sommet de la grande colline. Quand il vit le garde se redresser d'un coup et pointer son fusil vers l'horizon, puis son corps tressauter et s'écrouler alors qu'une série de détonations sèches rompaient le silence du jour naissant, il hurla.

— Maintenant !

Le moteur répondit immédiatement à la sollicitation du démarreur. Alex passa la première et accéléra à fond, décrivant un demi-cercle qui amena le véhicule dans l'axe de la maison du Belge. Sophie cramponna son avant-bras droit de sa main gauche afin de compenser le mouvement de la voiture et tira trois fois par la vitre baissée de sa portière. La sentinelle près de l'hélicoptère encaissa deux balles dans la poitrine avant d'avoir pu épauler et s'effondra d'un bloc.

— Accroche-toi, gueula Gribovitch en enclenchant la seconde.

Comme dans un rêve, ils entendaient la voix amplifiée de Judicaël Niokobé brailler sans discontinuer, enjoignant tous ceux qui se trouvaient à l'intérieur de la mine d'en sortir immédiatement, sous peine d'être enterrés vivants.

La marge de manœuvre était quasi inexistante : l'espèce de chemin en rondins qui grimpait à flanc de coteau jusqu'à la maison de Vandervelde n'était pas prévu pour accueillir une voiture, et tout juste assez large. Le moindre coup de volant malencontreux, et la Range partirait en tonneaux. Alex accéléra encore, visant au jugé, presque à l'intuition. Les roues avant mordirent le bois, le 4 x 4 se cabra, vibra, mais sans déraper. Vacarme infernal des rondins malmenés sous les pneus.

Troisième ? Non, trop de couple. Rétrograder en seconde. La porte d'entrée s'approchait à toute allure. Le pare-chocs la pulvérisa. Conformément aux informations recueillies par Niokobé, ils débouchèrent sur un couloir trop étroit pour le véhicule. Celui-ci continua cependant sur sa lancée, arrachant les cloisons de chaque côté de la carrosserie. Le Suédois était bien là, lui aussi, tout au bout. Campé sur ses jambes, fusil d'assaut à la hanche, il tira. Une fois. Deux fois. Gribovitch lâcha le volant et se coucha latéralement sur

Sophie qui avait déjà plongé. Le pare-brise vola en éclats. Hurlement de terreur. Impact de la calandre dans la chair. Choc d'une violence inouïe.

Le moteur avait calé, et la Range ne bougeait plus. Gribovitch sortit par le toit ouvrant, seule issue praticable, aussitôt suivi de sa coéquipière. Avant de sauter au sol, ils regardèrent avec une grimace le corps de l'homme à la queue de cheval, encastré dans le mur du fond.

Alex plongea épaule en avant, fracassant les restes de la porte qui s'abattirent sur le plancher de la chambre.

Trop tard.

Sophie buta contre son dos, emportée par son élan. Leurs revolvers tremblaient au bout de leurs poings. Ils jurèrent tous les deux de concert. Vandervelde ne tira pas sur eux, cependant. Il se contentait pour le moment d'assurer sa protection en braquant à bout portant le canon d'un 357 Magnum sur la tempe de Juanita, qu'il maintenait serrée contre lui d'un avant-bras passé autour de la gorge. La fillette, tétanisée, ne pleurait même pas. Ses yeux hagards roulaient dans ses orbites.

— Écartez-vous, ordonna l'aventurier d'une voix posée. Au moindre geste, je lui explose la tête. Posez ces flingues, maintenant. Ensemble, et en douceur, s'il vous plaît.

Gribovitch et Sophie échangèrent un bref regard.

Dès qu'ils seraient désarmés, Vandervelde les tirerait comme des lapins. D'une seule détente simultanée, ils plongèrent à travers le fragile volet qui obturait la fenêtre de la chambre et se retrouvèrent dehors, contusionnés mais vivants.

— Nom de Dieu ! lâcha Gribovitch. Ça défouraille de partout, là-bas. Je savais que ce plan était foireux.

— Tu en avais un autre à proposer ? siffla avec agressivité en volant au secours moral de Judicaël Niokobé.

— Non, et c'est bien ce qui me fait mal.

Ils contournèrent la maison et se plaquèrent au sol pour assister, impuissants, à un spectacle qui dépassait l'entendement.

Les trois hélicoptères géants de l'armée centrafricaine promis par Niokobé survolaient à présent la grande clairière. Des grappes d'hommes en descendaient en rappel en vidant sans discontinuer les chargeurs de leurs armes automatiques. Toutes les deux ou trois secondes, l'un des soldats lâchait la corde et s'écrasait au sol en hurlant, fauché par les tirs ininterrompus des filles qui avançaient d'un pas ferme et tranquille, fusil-mitrailleur à la hanche. Plusieurs d'entre elles gisaient déjà à terre dans une mare de sang, leurs corps nus déchiquetés par les rafales.

— C'est pas vrai ! souffla Sophie. D'où sortent-elles ces armes ? Personne n'a parlé d'un arsenal à proximité de leur bungalow.

— Il faut pourtant croire qu'il y en avait un. Elles sont cinglées. Pas une seule ne va en réchapper.

— Programmées pour séduire, tuer et mourir. De véritables bêtes de guerre, comme tu le disais toi-même.

— Vandervelde ? s'interrogea Alex, cherchant le Belge et son otage parmi la mêlée.

— Je ne le vois pas. Mais… Oh non !…

Deux des filles se désintéressaient des militaires momentanément tenus à distance par leurs compagnes survivantes et marchaient, arme brandie, vers l'entrée de la mine d'où s'échappaient par grappes, poussés par la voix de Niokobé qui tournait en boucle, les techniciens et autres personnels du labo, hagards et paniqués, à demi nus, pas encore tout à fait sortis du sommeil dont ils avaient été tirés. Elles rechargèrent posément et se mirent à arroser sans interruption, en éventail, droit devant elles. Une première vague d'hommes fauchés à la taille s'écroula en hurlant, tandis que les autres refluaient sous terre pour fuir la mitraille.

Gribovitch consulta sa montre.

— Dans deux secondes, tout va péter, murmura-t-il la mort dans l'âme.

Effectivement, une déflagration titanesque ébranla la colline qui implosa, comme avalée par ses propres entrailles, ensevelissant à jamais la menace du B126Y mais aussi l'intégralité de ceux que les deux amazones avaient repoussés à l'intérieur.

Un gigantesque nuage de poussière recouvrit bientôt tout le site. Il s'estompa peu à peu. Plus personne ne tirait...

Deux silhouettes nues et fantomatiques se dessinaient peu à peu, face à face. L'une d'elles brandissait une machette qu'elle faisait tournoyer devant elle. Du poing de l'autre dépassait une lame fine et légèrement incurvée.

— Émilie Forban ! glapit Gribovitch. J'étais sûr qu'elle nous jouerait un tour de ce genre.

— Et Su-Yîn, la Cambodgienne tortionnaire, compléta Sophie.

Gribovitch sauta sur ses jambes et courut en direction des deux jeunes femmes, revolver en main. Une courte rafale au ras des pieds l'immobilisa immédiatement : une métisse le tenait en joue, prête à appuyer encore sur la détente s'il faisait un pas de plus.

Côté soldats, c'était le statu quo. On protégeait ses arrières, dans l'attente d'ordres qui ne venaient plus. Visiblement dépassé par les événements,

Judicaël Niokobé tendait une main inutile en direction de la secrétaire. Son cerveau saturé de questions et de doutes déclarait forfait.

C'était lui qui, cette nuit, avec la complicité d'Oroya et d'un technicien rongé par un repentir qui venait de lui coûter la vie, avait enregistré cette bande qu'ils avaient branchée en boucle sur le réseau de haut-parleurs de la mine ; c'était lui qui avait posé les charges, réglé les mécanismes de retardement ; c'était lui qui avait utilisé l'émetteur du labo pour contacter la cellule d'urgence du président, révélé ce qui se tramait au cœur de la Sangha au mépris de la parole donnée à Gribovitch, obtenu les hélicoptères, convenu de l'heure précise de l'intervention. Et pour quel résultat ? Un bain de sang. Un massacre. Les risques potentiels avaient été évalués, pesés et acceptés, certes. On l'avait officiellement dégagé de toute responsabilité en cas de gros pépin. Et pourtant... Il ressentait physiquement le poids de tous ces morts sur ses épaules, et il savait d'ores et déjà que ce fardeau accompagnerait chacune de ses nuits jusqu'au dernier jour de sa vie.

Il plissa les yeux, intrigué. Profitant du cessez-le-feu, quatre mercenaires marchaient vers lui depuis les bungalows, mains levées. Ceux-là avaient échappé aux balles et à l'ensevelissement, et souhaitaient vivre encore. Niokobé ne se faisait pas d'illusion : depuis leur prison, ils sauraient nouer les contacts qu'il faudrait pour recouvrer leur liberté et se vendre à nouveau au plus offrant.

Su-Yîn s'approchait d'Émilie, hachant l'air du fer de sa machette.

— J'ai l'impression de revivre la scène du baobab, murmura Sophie Leclerc pour elle-même. Pourquoi fait-elle ça ?

Elle se retourna sur le côté, identifiant immédiatement la source du bruit qui augmentait doucement en intensité et en régime.

Vandervelde, l'hélicoptère.

Ce salaud allait s'échapper. Si les militaires tentaient quoi que ce soit pour l'en empêcher, c'était la vie de Juanita qui était menacée, car il l'avait forcément embarquée avec lui.

Elle hurla.

— Judicaël ! Il ne faut pas tirer, la petite est à bord !

Soulagée, elle vit Niokobé s'adresser aux officiers les plus proches de lui. Mais les soldats avaient pour l'instant d'autres chats à fouetter que de prendre l'hélicoptère de Vandervelde dans leur ligne de mire. Les filles avaient évalué la situation et, afin de laisser le maximum de chances à leur gourou de s'envoler sain et sauf, elles s'étaient mises à charger en tiraillant à tout-va et en poussant des cris d'orfraie. Épouvantée, Sophie Leclerc les vit mordre la poussière les unes après les autres, anéanties jusqu'à la dernière.

Seule Su-Yîn vivait encore, qui continuait de danser avec Émilie un étrange ballet de haine et de mort. La Cambodgienne poussa un cri suraigu et se jeta en avant. Le tranchant de sa machette siffla au ras de la gorge de la secrétaire qui s'était heureusement cabrée en arrière. Le laguiole solidaire de son poing décrivit une courbe fulgurante et pénétra jusqu'à la garde dans l'oreille de Su-Yîn, qui vomit une gerbe de sang avant de s'effondrer sur elle-même comme une baudruche dégonflée.

Émilie lâcha le manche du couteau et courut en direction de l'hélicoptère, qu'elle rejoignit en même temps que Gribovitch. Tous deux échangèrent un bref regard. Tandis qu'il pesait de tout son corps sur l'un des bras du train d'atterrissage, elle bondit et prit un second appel sur le dos du policier, qui la propulsa dans l'appareil. Gribovitch ne pouvait plus lutter contre la force ascensionnelle. Ses doigts moites dérapaient sur le métal. La rage au cœur, il dut lâcher prise.

L'engin prit aussitôt de l'altitude, puis se mit à tanguer dangereusement avant de grimper à nouveau, très haut, sans doute à plus de cinq cents mètres.

Incrédule, Alex vit quelque chose jaillir de l'habitacle. Deux secondes plus tard, la voilure rectangulaire d'un parachute de précision s'épanouissait dans le ciel, tandis que l'hélicoptère amorçait une vrille qui l'entraîna loin au-dessus de la forêt, où il s'écrasa dans un fracas de tonnerre et de feu.

Sourire aux lèvres, Gribovitch se rappelait les paroles de Silvère Dibango, relatives à l'utilisation de l'appareil pour l'entraînement des filles. Émilie avait dû profiter du fait que Vandervelde avait les mains prises par le pilotage pour le maîtriser et le contraindre à prendre de la hauteur. Puis elle s'était rapidement équipée de l'un des parachutes rangés dans la carlingue, avait assommé le Belge, agrippé la gamine et sauté avec elle. Scénario imparable que la drogue dont elle s'était gorgée lui avait permis de mener à bien sans la moindre hésitation et avec toute l'efficacité de ses capacités physiques transcendées.

Elle allait atterrir, à présent. Cramponnée à son cou, Juanita faisait littéralement corps avec elle.

Dès qu'elle eurent touché terre, Pedro Oroya, les yeux noyés de larmes, courut vers sa fille et l'enleva dans une étreinte qui exprimait toute l'intensité de son soulagement et de sa joie infinie.

Sophie Leclerc rejoignit Alex et lui prit le bras. Tous deux se détournèrent pudiquement pour laisser le père et l'enfant jouir d'une intimité qu'ils ne se sentaient pas le cœur d'interrompre. D'un regard consterné, ils parcoururent le champ de bataille, où les militaires s'affairaient en silence à réunir leurs morts et à secourir les blessés.

Le soleil montait lentement sur la jungle indifférente. Un jour nouveau commençait.

Émilie Forban les dépassa sans les voir. Elle marchait droit devant elle, les yeux dans le vague.

CHAPITRE XVII

La climatisation du bar de l'hôtel *Oubangui* dispensait un air dont la fraîcheur artificielle ne faisait que rappeler la canicule saturée d'humidité qui sévissait au dehors. Gribovitch commanda un coktail à base de vodka et de divers fruits locaux, et alluma une cigarette. Il lui tardait de retrouver un Paris estival déjà déserté par une bonne partie de ses habitants. Flâner sur les quais de la Seine, seul, ou en compagnie d'un vieux copain rencontré par hasard dans un bar, dîner d'une soupe wantan dans une gargote du quartier chinois, flâner encore, entre néons et rues chaudes, humer le parfum flatteur et insidieux des minutes qui font basculer la nuit vers le jour suivant, temps incertain où l'on ne sait plus qui est le flic, qui le malfrat, qui le citoyen lambda en quête d'émotions tarifées au menu ou à la carte. Tout cela lui paraissait si loin, magnifié par la mémoire qui ébarbe les aspérités d'une réalité trop rugueuse, trop réelle.

C'était comme s'il venait de passer dix ans en Afrique, coupé de ses racines, et qu'on lui annonçait de jour en jour une date de retour sans cesse reportée, jamais accessible.

Il avala une gorgée du breuvage – étonnant mais pas désagréable – puis une seconde où la puissance de l'alcool se révéla plus nettement. Au fond de lui-même, il se reprochait cette sorte de spleen un peu bêta dans lequel il était conscient de se complaire. Mais d'un autre côté, cette complaisance jetait un voile plutôt bienvenu sur tout ce qu'ils venaient de vivre, lui, Sophie, mais surtout Émilie Forban, Juanita et le trop naïf Pedro Oroya. Il mettait à part Judicaël Niokobé, incapable d'appréhender comment cet homme profondément honnête et amoureux de son continent et de son pays, mais néanmoins lucide quant à l'état du monde tel qu'il va, allait pouvoir surmonter, assimiler l'épreuve d'une si lourde expérience.

Paul Calderoni arrivait, avec dix minutes de retard, en compagnie du directeur Picard-Lesecq.

— Voilà les réservations pour le vol Air France de demain matin, annonça le premier secrétaire d'ambassade en posant les deux liasses plastifiées sur la table. La vôtre, et celle de l'inspecteur Leclerc. Je vous laisse à présent. Si par hasard vous repassez un de ces jours par Bangui...

Picard-Lesecq s'assit face à Gribovitch et, sur son conseil, commanda lui aussi un cocktail.

— Ça se présente comment ? s'informa Alex. Sac de nœuds et compagnie, non ?

— Raisonnablement compliqué. Pas insoluble, donc. Les autorités locales n'ont certes pas apprécié qu'on leur ait occulté la véritable raison de votre mission sur leur territoire national, c'est un euphémisme, mais reconnaissent cependant qu'il était difficile pour nous de faire autrement. Imbroglio diplomatique finalement pas plus tortueux que des tas d'autres. Notre ambassadeur, qui connaît son affaire, assure que le différend fera long feu. On a par ailleurs apprécié ma venue. Cela dit en toute modestie, car c'est surtout l'accréditation présidentielle dont je suis muni qui a fait mouche. Je vais rester une semaine encore sur place, afin de proposer au moment opportun un accord de coopération pour lequel on m'a mandaté, instaurant l'accueil de policiers centrafricains en France dans le cadre d'une série de stages pointus au sein de nos meilleurs services.

— Hum... Désolé de risquer de vous heurter, mais ce que vous dites me fait l'effet d'un cautère sur une jambe de bois, voire d'un collier de verroterie offert au bon sauvage. Ça n'est pas votre sentiment ?

— J'en ai conscience. Merci d'appuyer là où ça fait mal, Gribovitch.

— Disons que je n'ai rien dit.

— Et que je n'ai rien entendu. Bien. Je vais me retirer dans ma chambre, maintenant. Une réception chez un ministre, ce soir. Je dois réfléchir à un petit discours. Mes hommages à l'inspecteur Leclerc, et bon retour.

Prenant sur lui pour affronter une dernière fois l'atmosphère torride de l'après-midi centrafricain, Alex sortit de l'hôtel et héla un taxi. Ils avaient effectué le voyage de retour depuis la Sangha dans l'un des hélicoptères de l'armée, et la Lada était donc restée sur le site de la mine dirigée par Silvère Dibango. Calderoni leur avait fourni une autre voiture de location, mais Sophie avait disparu avec depuis ce matin.

Le chauffeur enregistra la destination de la course d'un gigantesque sourire partiellement édenté. La vieille 504 pourrie qui lui servait de gagne-pain s'acquitta honorablement des quelques kilomètres du trajet.

Pedro Oroya, sa fille et Émilie Forban occupaient deux chambres contiguës à l'hôpital militaire des forces françaises basées à Bangui, où on les avait placés en observation pour quelques jours dans l'attente de leur rapatriement. L'état de santé du scientifique et de la petite n'inspiraient aucune inquiétude, mais il en allait tout autrement concernant la jeune femme. Les plaies de son flanc s'étaient infectées, entraînant un début de septicémie, et, surtout, elle souffrait d'un très important syndrome de manque suite aux inhalations massives de drogue qu'elle avait absorbées. Gribovitch demanda à la voir, mais on lui répondit qu'elle avait été mise sous sédatifs et dormait profondément.

Pedro Oroya l'accueillit d'un sourire sincèrement chaleureux. Juanita lisait une bande dessinée au pied de son lit.

— L'inspecteur Leclerc et moi-même partons demain, dit Alex. Je suis venu vous saluer.

— Sophie n'est pas là ? demanda la petite, qui s'était prise de sympathie pour sa coéquipière.

— Non, mais elle m'a promis de te rendre visite dès ton retour à Paris, mentit Gribovitch.

Il se retourna vers le père.

— Alors, vous avez pris votre décision ? Il faisait allusion à une discussion qu'ils avaient eue la veille.

— Oui, et c'est irrévocable. J'arrête la recherche et je consacre les deux ou trois années qui viennent à une réflexion que j'espère pertinente sur l'éthique qui devrait prévaloir en matière de manipulations génétiques. Il y a du pain sur la planche, n'est-ce pas ? Si la grammaire française ne me résiste pas outre mesure, un livre verra peut-être le jour avant la fin de ce siècle.

— Pas de regrets, vraiment ?

— Non. Enfin… je crois. Mon petit monde d'éprouvettes et de microscopes électroniques me manquera, il serait idiot d'affirmer le contraire, mais… après tout ça, comment voulez-vous que je puisse continuer à chambouler les agencements multimillénaires de la nature comme si de rien n'était. C'est tout bonnement impossible. Ou alors il faudrait qu'on me débranche quelque chose dans le cerveau qui s'appelle la conscience, ni plus ni moins. L'heure du questionnement sans concession est venue pour moi, que je le veuille ou non. Le fossé qui s'est creusé avec l'époque moderne entre la science pure et dure et tous les autres champs de la pensée humaine prend aujourd'hui des proportions… Je ne trouve même pas de qualificatif assez fort pour exprimer ce que je ressens après une telle aventure. N'ayons pas peur des mots, c'est bien de philosophie qu'il s'agit. L'homme doit réhabiliter la philosophie, au sens premier du terme, et pas seulement dans le cercle confiné des salons où l'on cause. Il y va de la survie de l'espèce, ça n'est à présent plus à démontrer.

* * *

Gribovitch constata que la voiture était de nouveau garée sur le parking de l'hôtel. Il acheta un paquet de Marlboro au bar, palliatif temporaire aux Gitanes blondes dont il ne lui restait plus le moindre spécimen et dont on semblait ignorer jusqu'à l'existence dans les débits de tabac locaux, puis il monta à l'étage où Sophie Leclerc occupait la chambre voisine de la sienne.

— Tu es visible ? questionna-t-il en entrouvrant la porte.

— Non. Je suis toute nue et ma maman m'a interdit de recevoir un homme dans ces conditions. Entre, crétin.

Il trouva sa coéquipière effectivement très dévêtue, puisque seul un slip aux dimensions homéopathiques tentait de dissimuler avec un relatif insuccès la partie la plus privée de son anatomie.

— Sophie ! Je te rappelle que je n'ai pas touché une femme depuis des siècles. Ça remonte à un lointain séjour dans un pays qui s'appelle la France, je crois. Tu me mets au supplice, là !

— À chacun sa croix, mon chou. Moi, je me sens très bien comme ça. Je me demande d'ailleurs si je ne vais pas opter définitivement pour la tenue d'Eve, en privé s'entend. Ces pauvres filles auront au moins fait une émule.

Alex lança sur le lit défait l'une des deux liasses aux couleurs d'Air France.

— On rentre demain, précisa-t-il. Départ à neuf heures quinze.

— Sans moi.

— ... ?

— Tu rappelleras à Griffon qu'on m'a éhontément sucré deux semaines de congé. Je les récupère donc d'autorité, voire un peu plus en guise d'intérêts. Ce pays me plaît. J'ai décidé d'y faire un peu de tourisme.

— En chambre.

— Quoi ?

— Du tourisme en chambre. Tu transmettras mes amitiés à ton guide.

— Je ne vois pas de qui tu veux parler.

— Alors mettons que je n'ai rien dit. À propos, Judicaël, tu ne trouves pas que ça fait un peu vieillot, comme prénom ?

Elle se gratta le menton.

— Non, pas spécialement. Tu connais quelqu'un qui s'appelle comme ça ?

L'Inspecteur
BUCKINGHAM

Détaché au service exclusif de la Reine
d'Angleterre, logé au Palais,
l'Inspecteur Buckingham démêle
les complots et les scandales
sans jamais départir de son humour,
de son élégance et de son self-control.
Drôles, efficaces, british
jusqu'au bout des ongles :
des suspenses comme on en rêve.

<u>Chez votre libraire le N° 11</u>

UNE BOMBE POUR LA REINE

MISSIONS
SPECIALES

Officier de l'armée française,
le lieutenant Zaq, dont la devise pourrait être
« Honneur et service »,
est l'homme des Missions Spéciales,
partout où les régimes sont instables,
les émeutiers manipulés,
les mercenaires fauteurs de guerre.

Chez votre libraire le N° 1

VENGEANCE À L'AFRICAINE

*Achevé d'imprimer en juin 1997
sur les presses de l'Imprimerie Bussière
à Saint-Amand (Cher)*

VAUVENARGUES - 14, rue Léonce Reynaud - 75116 Paris
Tél. : 01-40-70-95-57

— N° d'imp. 1291 —
Dépôt légal : juillet 1997

Imprimé en France